KB130103

어진이의 시간여행

어진이의 시간여행

어진이 지음

도서출판 문학공감

달팽이도 산을 넘는다

“먼저 간 사람이 이기는 것이 아니라 끝까지 간 사람이 이긴다.” 어떤 망설임이 있을 때마다 생각하는 구절입니다. 언제 입력됐는지 모르지만, 이 문장이 주는 힘이 매우 큽니다.

때마다 마음을 꺼내 보면서, 틈틈이 수필을 썼습니다. 하지만 선뜻 밖으로 글을 내놓지 못하고 망설였습니다. 글이란 바로 그 사람이라는 말이 부담된 모양입니다.

이런 망설임을 알아채고 용기를 주신 오세주 작가님께 먼저 감사드립니다. 달팽이가 산을 넘듯이 천천히 배우고 익히면서 계속 정진하라는 용기와 가르침을 받았습니다.

요즘, 책을 읽는 사람의 숫자는 줄어드는 반면에, 책을 엮고 싶어하는 사람은 많다고 하는군요. 저 또한 그중의 한 사람으로 무지가 용기가 되었는지도 모르겠습니다.

글 대부분은 일상의 기록입니다. 여행길의 느낌이고 독서에 대한 소감입니다. 글 속의 주인공을 흠모한 내용도 있고, 그날그날의 특별한 뉴스에 대한 소감도 있습니다.

정말로 하고 싶은 말은 30여 년 동안 학생들과 교학한 내용입니다. 자랑스러운 제자들 이야기를 하고 싶었습니다. 아쉽고 각별한 장면들을 소상하게 나열하고 싶습니다.

공직자 가족으로서의 애환도 가감 없이 풀고 싶었습니다. 위험한 순간이 얼마나 많겠습니까! 보람은 또 어느 정도겠습니까! 당시의 사정과 현상을 풀어내고 싶습니다.

개인사가 그 시대 일부를 대변한다고 하지 않습니까! 첫 수필집을 필두로 어린 날 추억부터 오늘에 이르기까지, 잊지 못할 인연을 잘 그려내고자 합니다.

수필에 입문할 수 있도록 안내해 주신 고종원 교수님께 감사드립니다. 심정문학과 시맥 동지들에 감사드립니다. 추천사를 써 주신 윤덕명 교수님께 진심으로 감사드립니다.

시인 윤덕명 선문대학교 명예교수

《어진이의 시간여행》이란 에세이집 해산(解産)에 즈음하여 추천의 글을 쓰게 되었다. 인간의 삶에서 무형의 말은 감정을 자극하고, 유형의 글은 이성의 판단으로 시시비비를 구분하게 하는 소통의 매체수단이다. 말과 글이 없었던 원시사회에서는 몸짓과 손짓이란 보디랭귀지로 의사전달이 가능했다. 현대사회는 다양한 방법으로 자신의 의중을 전달하는 최고 지식정보화시대를 맞이했다. 전자책이나 각종 기기를 통하여 자기의 소신을 밝힌다.

시간(時間)은 절대적이기 때문에 제2의 창조주(創造主) 속성을 지니고 있다고 볼 수 있다. '어진이의 시간여행'이란 제목부터가 구미를 당기게 한다. 그가 시간이 날 때마다 생활 속에서 느끼고 깨달은 바를 편편이 메모했다가 한 권의 수필집이 나오기까지의 지극한 문학에 대한 애착심(愛着心)이 바로 문학 하는 이의 가장 아름다운 모습이기도 하다.

사람들에게는 누구나 저마다의 이미저리(imagery)가 있다. 필자에게 인식된 어진이(본명 이인숙) 교수에 대한 인상은 전형적 한국

여인상의 순수성(純粹性)과 모성본능의 심상(心想)을 지닌 분이라는 것이다. 어릴 적부터 서당집의 조부(祖父)로부터 영향을 받아 일찍이 한문학(漢文學)을 가까이하며 자랐기 때문에 고전(古傳)에 관심을 갖고 학문의 정도(正道)를 걸어왔다고 본다. 그동안 다년간 경희대학교 사회교육부에서 교학(教學)한 강단경력과 교학상장(教學相長)한 상아탑의 경륜과 경험의 보석이 한 권의 옥서로 편집된다는 것은 참으로 축하할 일이라 여겨 마음에서 우러나는 박수를 보내고 싶다.

불혹과 지천명도 지나고 이순(耳順)의 문턱에 들어선 그의 인생수업에서 얻어진 시간여행에 편승하여 길동무가 되어 그가 정성으로 엮은 작품들을 감상하고 섭렵한다는 것은 더없는 영혼의 양식이 될 것이라 믿는다. 유유자적한 마음으로 작가의 손길로 엮어 숙성한 글들이 이 책을 접하는 독자 여러분에게 영혼의 보약이 되기를 염원하며 일독(一讀)을 권유하는 바이다.

수백 편의 수필 가운데 〈님과 벗〉이란 제목의 글에서 "보동 때는 님이 좋지만, 그냥 괜히 술 한 잔 당길 때는 벗이 더 편하다"고 피력한다. 그의 글에는 고전미(古典美)와 시적 정서가 깃들어 있어 모호성과 더불어 명료성이 적나라해서 읽는 이로 하여금 흥미를 유발시키는 매력이 있다.

〈마음 길〉이란 그의 글 한 토막을 나직이 읊어 본다. "창밖으로 보이는 맑은 하늘과 푸른 잎이 한창인 나무와 먼 산을 보니, 밖에 나가고 싶어집니다. 그동안 시간이 없어 못 나갔는데요. 지금은 몸이 불편해서 못 나갑니다. 몸이 편안해지면, 또다시 나들이할 시간이 없다고 하겠지요." 인생을 살다 보면 뜻대로 되지 않는 일들이 많다. 상충하는 삶의 일면을 보는 것은 나의 삶 또한 대동소이하다. 내 책장에 놓일 그의 수필집에 감사한다.

필자와 인연을 맺게 된 것은 심정문학지를 통해서다. 그는 2012년 심정문학 신인상을 받았고 수필가로 왕성한 활동을 해왔다. 현재는 교육사업으로 "창의학원"을 운영하고 있는 까닭에 걸출한 문하생들의 배출을 기대는 바이다.

이인숙 교수의 《어진이의 시간여행》 출간을 축하드리며

목차

제1부 시간여행

제2부 언어의 고향

제3부 지식의 근원

제4부 온전한 기행

제5부 가슴으로 담은 정

제6부 배움의 도

제1부

시간여행

나를 기쁘게 하는 장면

가을은 어머니이다. 마음을 주는 자도 받는 자도 풍요로움을 받는다.

안톤 슈낙의 가을은 슬프게 하는 것이 많다. 내 가을은 어떤가? 가을을 느끼고 있는가? 가을이고 뭐고 할 것 없이 일 년 내내 복잡하다. 유난히 다사다난한 올해를 돌아본다. 얼마나 많은 시간이 흘렀을까?

그럼에도 불구하고, 흐뭇한 몇 장면을 꺼내 본다.

청출어람(青出於藍)이다. 나보다 월등하게 성장하는 제자들, 이토록 어려운 시절에 각자 위치에서 자리매김하며 나가는 소식이 뿌듯하다. 흐뭇하고 든든하다. 스승보다 나은 제자로 성장한 모습이 얼마나 아름다운가? 자식 못지않게 힘이 되고 남모르는 자긍심도 생긴다.

열심히 노력하던 제자가 학위를 취득했다는 연락이 왔다. 취직해서 월급 받았다고 꽃다발을 가지고 온 효찬이! 학군단에서 학업과 군 생활을 동시에 하느라 고생하는 승찬, 공군 조교로 무사히 제대한 봉준, 고생 많았다. 떡잎부터 곱던 지희는 취직하더니 남친까지 생겼다고 흐뭇해한다.

공부 외에 아무것도 모르던 아론아, 취업은 네가 노력한 당연한 결과이다. 박학다식에 그토록 예쁜 여친은 진정 반갑고 놀랍다. 너의 결혼식에 밝은 분홍 한복을 입고 축하하러 갈 거다. 제자들이 성장하여 이토록 아름다운 소식들을 주니, 얼마나 감사한 일인가?

경찰의 꽃으로 등극한 윤길이, 완벽한 모델이구나!

눈부시게 빛나는 젊음의 현장 한복판에 선 제자들! 내 곡절의 삶 속에서 너희들 소식은 그대로 보약이다. 입신양명이 바로 이것이다. 충(忠), 효(孝)가 바로 이것이다. 이것이 인생이라 본다. 스승과 제자 사이의 정이다.

낭독의 발견

예전의 독서는 낭독이 주를 이루었다. 읽고 또 읽어서 완전히 외워야 뜻을 이해한다 하여 '독서백편의자현'이란 말이 나왔다. 책을 펴고 이익을 얻고 책을 덮어라, 독서에 끝은 없다. 세상에서 가장 듣기 좋은 소리는 자식의 글공부 소리이다. 옛사람들의 이야기에 나오는 말이다. 옛사람뿐이겠는가, 자식 공부자랑이야, 동서고금과 지위고하를 관통하는 희망의 소리라고 하겠다.

선비들도 몸가짐을 정돈하고, 허리를 곧게 펴고 눈동자가 코끝에 오도록 가지런히 앉은 다음에 책을 펼치는데, 이제 읽은 내용이 하나도 막히지 않고 낭랑하게 줄줄 외워질 때 기쁘다고 하였다.

조선은 어떤가? 조선 세종대왕 시절 정인지 선생은 얼마나 멋지게 낭독을 했는지, 지나가던 처녀가 월담해서 글방에 들어왔다는 이야기가 있다. 이런 장면은 직접 관전해야 맛깔 날 텐데, 짐작만 하자니 아쉽다.

예전 서당 내부를 엿본다. 훈장님이 가부좌하고 몸을 좌우로 흔들며 선창 학동은 무릎 꿇고 몸을 앞뒤로 흔들며 제창한다. 근엄과 정겨움이 공존하는 교수학습법, 그 안에 앉아 있고 싶지만, 현실의 모습에 익숙한 지금이 아쉽다.

강변의 추억

'엄마야 누나야 강변 살자.' 김소월의 시이다. 가장 편한 세상에서, 나와 가장 편안한 사람과 살고 싶다. 무위에서 같은 본성을 지닌 이와 소박하게 기대 살고 싶은 소망이다. 자유롭게 상추를 심고, 고추를 심고, 자연을 벗하여 소중한 마음으로 추억의 여행을 강변에 펼쳐 본다.

가장 이상적인 사회, 아름다운 나라라고 하면 소국과민이라는 말처럼, 아주 작은 나라에서 적은 백성이 살아가는 것이다. 그들은 문명을 추구하지 않는다. 자기 땅에 씨를 뿌리며 자급자족으로 살아가는 사회이다. 이 얼마나 행복을 추억으로 보여주는 곳인가?

그 옛날 홍길동이 세운 율도국이 좋다. 허생전에서 허생이 찾아놓은 무인도도 좋다. 무욕을 다짐하는 고운 심성끼리 모여서 아무도 방해하지 않는 세월을 살아가고 싶다. 양평 가평의 산하를 돌아보며 무아를 새겨보았다. 북한강 물줄기를 따라 펼쳐진 산세는 병풍처럼 아름답다. 새벽안개 사이로 흐르는 강물이 도원경을 가늠하게 한다. 물아일체가 이런 걸까?

싸움 구경

불구경 싸움 구경만큼 재미있는 일이 있을까? 피해 정도가 크지 않는 범위라고 정의하고 어제 저녁때, 싸움 구경을 했다. 기승전결 모두 관전하는 게 쉽지 않은데 어쩌다 관전하게 되었다.

5인 이상 집합 금지 명령으로, 안 그래도 협소한 생활권이 더 좁아졌다. 미루고 미뤘던 미용실 예약을 못 했으니 가까운 곳부터 돌아보았다. 사람이 많아 결국, 예전 그 미용실에 갔었다. 반갑게 맞이하는 원장님 미소가 불안하였다.

파마하겠다고 정하고 하려는데, 또래 아주머니 두 분이 괴성을 지르며 등장한다. 친한 친구라는데, 동네 아주머니가 친구분을 미용실로 안내하는 과정에서 서운함이 발동한 모양이다. 널씨도 수

운데, 위치를 잘못 알려주어 동네를 몇 바퀴 돌다가 겨우 찾아서 화가 난 것이다. 세 블록을 빙빙 돌다가 찾지 못하고 서로 언쟁하고 서운한 마음이 들었던 것이다.

이쪽도 할 말이 있다. 겨우 세 블록을 못 찾고 빙빙 도는 네가 미련퉁이지, 내가 죄냐, 이 멍청아? 분기가 번지고 커지더니 옛이야기로 올라간다. 각자 울컥해서 말이 빨라진다. 한 분이 나가는 걸로 잠정적 휴전이 된 듯한데, 다음으로 이어질 확률이 아주 높다.

논조 없이 큰 소리로 자기 혼자 말하기! 몸싸움도 밀리지 않는 무궁한 아주머니의 힘에서 국회의 힘을 보았다. 서로의 이해관계에서 보는 싸움의 기술이 아니라 서로의 마음을 헤아리지 못하는 아쉬움이 있다. 미용실에서 보는 풍경은 우리들의 이야기라고 보는 시각도 있다. 다툼이 무조건 나쁜 것은 아니며, 서로를 이해하는 자세가 더 중요하다 말할 수 있다.

자유로운 진정성으로 서로에게 다가가자.

구색(九色) 갖추기

사람이 살아가는 데 있어서 규모 있게 살아가는 방법은 뭘까?

'아홉수' 열아홉, 스물아홉, 쉰아홉, 아홉수는 조심하는 수로 해석한다. 잘해도 섭섭한 아홉수. 지난 십 년 세월이 무상해지는 듯하다. 십진법상 십의 자리가 바뀌니 체감이 크게 닿는다.

'갑오'는 어떤 수일까? 아홉수이다. '섰다'를 아는 분은 안다. 끗발이 아홉이면 싹쓸이라 갑오를 잡고 표정 관리 잘하는 사람을 고수라 한다. 광땡, 장땡, 다음으로 아홉수가 최고다. 마트 할인 행사에서도 아홉수를 잘 활용한다. 1,000원보다 990원, 10,000원보다 9,900원이 싸게 느껴진다.

이렇게 다음 수로 넘어가는 길목의 아홉수는, 심리를 아쉽게 만드는 매력수이다. 십 년을 가르는 길목의 숫자이다. 지난 시간에 각별한 숫자 아홉수는, 희망의 숫자이자 다짐의 수로 볼 수 있다.

'구색(九色) 맞추기'를 생각해보자. 구색을 잘 맞추는 건, 조화를 잘 이루었다고 본다. 베트남에서는 과일이 완전히 잘 익었나 확인할 때 9까지 익었는지 묻는다. 사실상 완전한 수이다.

마음 나누기

여고 시절 '학도호국단'이라 하여, 일종의 군사훈련을 받았다. 남학생은 제식훈련과 총검술 전투 훈련을 받았고, 여학생은 제식훈련 구급 조치법을 배웠다. 그때는 훈련과 관제 데모와 가두행진도 당연했다.

교련 선생님은 늘 호봉을 지고 화가 나 있었다. 선두에서 긴장

상태로 선생님의 지휘를 바라보던 시절, 하루는 선생님께 여쭤보았다.

"그렇게 매일 화가 나십니까?"

선생님은 활짝 웃으시며, "억지로 그런다"라고 말한다.

교육상 억지로 화를 낸다는 말씀을 강단에 서고 나서 알았다. 화나지 않아도 화내는 입장이 아니라, 화가 나지만 참아야 하는 경우이다. 이처럼 감정을 조절하는 게 얼마나 힘든지 체험으로 깨닫는 것이다.

안 그런 척 그런 척 살다 보니, 성격으로 굳었다. 세월이 흐르다 보니 애쓰지 않아도 화가 줄어든 면면이 있긴 하다. 아직도 마음 관리는 어렵다. 이따금 힘든 마음 길을 다지기 위해 옛글을 펼친다.

너그러울 때는 온 세상을 다 받아들이다가도 한번 옹졸해지면 바늘 하나 꽂을 자리가 없으니. 마음은 모든 성자의 근원이요, 만 가지 악의 주인이라 한다. 원래 사람은 선도 악도 아닌 순백이라는 설(說)이 있다.

선록(善緣)을 만나면 착한 마음을 얻고, 악록(惡緣)을 만나면 악한 마음을 얻는다. 그래서 환경과 교육, 인연의 중요성을 그토록 중히 여기는 것이다.

행복의 근원

부모님께서 이 현실, 내 행위를 상세하게 아신다면 어떤 호통을 치실 것인지 아니면 어떤 격려의 말씀을 하실지 대강 알 것 같다. 그럼에도 뵙고 싶고 무슨 말씀이든 듣고 싶은 것은 오로지 그리움 때문이다.

행복의 근원은 무얼까? 누구나 행복이라는 단어의 의미는 다 좋아한다. 법정 스님도 행복을 논했고, 무소유라는 개념을 통해 인간의 진정한 행복이 무엇인지를 말씀하셨다.

법정 스님의 행복은 모두가 살아가는 진정한 행복이다. 우리가 스님을 존경하는 이유도 그러하다. 욕심내지 않고, 나보다 남을 대하는 태도의 마음이 바로 그러하다. 주위에서 보는 훈훈한 미담들도 행복을 가져오는 요소로 본다. 무소유의 개념이 지금 우리에게 필요한 시점이다. 하루를 마무리하며, '스스로 행복했나?' 자문한다.

엉뚱한 실험

'그게 되겠나? 언 발에 오줌 누기지' 차라리 안 하는 게 낫다는 '언 발에 오줌 누기'가 궁금했나 보다. 한겨울 엄청 추운 어느 날, 꽁꽁 언 발 한쪽에 오줌을 누었다. 당시, 국민학교 1학년이었다는 것을 고려해도 엉뚱한 실험이다. 금방 따끈따끈하더니, 바로 발이 얼어붙었다. 아리고, 아프고 겁나서 울었다. 엄마는 신발과 양말을 벗기면서, 자식이 여럿이다 보니 별게 다 나왔다며 호통을 쳤다. 다시는 안 한다고 빌었고, 언니 오빠들은 구경이나 난 양 난리가 났었다. 인정이 많으신 아버지는 내가 안쓰러웠는지 그럴 수 있다며 안아 주셨다.

여러 가지 말썽 속에도 공부는 제법 하였다. 똑똑한 아이로 이미지 변신을 하기까지 아주 오랜 시간이 걸렸었다. 공직과 강단을 거치며, 가끔 '동족방뇨(凍足放尿)'를 떠올렸다.

그간 사회정세 흐름에서 여러 상황에 대책을 내놓을 때마다 조삼모사, 조령모개, 양두구육, 사탕발림 등 손가락으로 하늘을 가린다는 말들이 생각났다. 새해에는 작당을 안 했으면 한다. 큰일 작은일 모두 폼잡기보다 공정과 진심으로 소통되길 바란다.

작은 나라 적은 백성

한 해를 돌아보니 옳고 그름, 정의와 부정의 이견이 가득한 시대라! 지도자의 길, 참으로 어려울 것이다. 오늘도 새해를 예견하며 저마다 생각을 내놓는다. 안타깝게도 소망과 기대보다 염려가 더 많았다. 혹시 이 자리에서, 갑론을박하지 않기를 바란다. 오늘 본질은 사상의 다양성이고, 이런 다양성은 늘 복잡하다. 복잡함을 피하고 싶은 심정을 이렇게 일기에 담아 하루를 풀면서 자체 성찰하는 것이다.

난세에는 도가를 읽고, 치세에는 유가를 읽으라는 글이 있다. 치세에 있어 공자님은 대동사회를 말씀하셨다. 많고 적음의 문제보다 분배의 '공정성', 법리적용의 '공정성'을 걱정해야 한다고 하셨다.

도가를 본다. 이 시대가 난세라서 도가를 읽는 건 아니다. 자꾸만 마음 길이 절로 소심해지나 보다. 구체적으로 들어가 노자의 '소국과민'을 이상사회로 동경한다. 조용하고 소박한 본성을 지향하고 있다. 애써 조심하지 않아도 되는 편한 이와, 소소한 일상을 나누고 싶다. 이게 바로 소국과민이다.

경청의 자세

귀가 둘이요, 입은 하나라, 말하기보다 들을 줄 알아야 한다고 익히 들었다. 그럼에도 돌아보니 말이 많았다. 말이 많으면 쓸 말이 적다고 한다. 지키지 못할 말도 많았고, 안 해도 되는 말이 있었다.

재치와 달변이 좋을 때가 있긴 있다. 어쩌면 지금처럼 삭막한 시절엔 재미있고 즐거운 대화가 필요하다. 허물없는 대화, 흉금을 터놓고 아무 말 잔치를 벌일 수 있는 상대가 있다는 건 행복한 일이다.

여러 사람을 만나 대화를 나누다 보면, 느낌이 제각각이다. 마음속에 여운이 긴 경우가 있다. 도무지 무슨 말을 주고받았는지 영양가가 없는 경우도 다수다. 차라리 말을 나누지 말걸 후회하게 되는 씁쓸한 상대도 있다.

진지한 경청은 상대에 보이는 최고의 찬사라 한다. 젊은 층도 말 많은 어른보다 돈 많은 어른이 좋다고 한다. 그보다 의견을 잘 들어주는 어른을 존중한다.

말 많은 노인은 되지 말아야겠다고 다짐한다. 열심히 살아가지만, 아직도 힘든 이웃 친지, 지인이 많다. 유난히 힘든 시절, 개인이 어찌하겠습니까!

묵묵히 노력하는 게 최선이다.

용서의 덕

평생 술타령하며 알코올에 중독된 인척 이야기이다. 사람 구실은 고사하고 제 한 몸 건사도 어렵다. 다행인지 불행인지, 멋모르고 시집온 아내가 온갖 뒷바라지를 한다. 이 와중에 아들은 잘 자란다. 노상 동사해도 아까울 인사가 가장 노릇 하려 한다. 자식 노릇이 어쩌네, 여편네가 다소곳하지 못하네 등 가관이었다. 백약이 무효였던 이 사람, 세월이 약인가요! 큰일에 뉘우침이 생기는지 날마다 '용서'해 달란다.

그 아내의 말이다. 착실한 아들 하나에 힘을 내어 오늘까지 살았다. 어떻게 합니까? 이번 생애, 무던히 잘 참으면, 다음 생에 복 주실지 모르잖아요. 시들은 백합 되어 미소 짓는다. 아프네요, 그 미소! 용서는 얼마만큼 해야 할까? 한, 일곱 번 정도 용서하면 될까, 예수님께서는 일곱 번씩 일흔 번까지라도 용서하라 하셨다. 모르긴 해도 여기까지 봐서 그 아내, 일곱에 일천만 번 용서했다고 생각된다.

해바라기

거실에 빈 항아리를 해바라기로 채워 놓았다. 태양을 사모하는 꽃, 사모와 숭배, 행운을 부르는 꽃, 자부심 자긍심을 의미하는 프라이드, 몰래 한 사랑을 담고 있는 기다림의 꽃, 그리움의 꽃, 황금의 꽃이다.

꽃말을 찾으니 많기도 하다. 꽃말에 의미를 두고 마련한 건 아니다. 빈 항아리가 허전해서 샀다. 하필 해바라기인 이유는 생각 없이 동네마트에 가니 해바라기가 보였고, 보이기에 사다 꽂아 놓았다. 그리고 꽃말을 찾아본 것이다. 여러 가지 가운데 자부심, 자긍심이 맘에 든다. 사모의 대상이 태양이라, 그것도 마음에 든다. 수년간 빈 항아리로 놓여 있던 것을 꽃으로 가득 채우니 허전함이 줄어든다.

고흐가 그렸다던 〈해바라기〉는 참 아름다운 색감이 인상적이다. 그림은 언제나 내 거실에 들어와, 밝은 기운을 보인다. 생동하진 못해도 모양과 빛깔을 간직하는 게 어디인가. 없는 것보다 낫다는 걸 보여준다. 우리도 그런 사이다. 연결된 동안 서로에게 밝은 의미가 되도록 하자.

온고지신

옛것을 배움으로써 새것을 안다. '온고지신'을 새해 벽두 용어로 새겨본다. 논어에 나오는 말이다. 논어는 공자님 언행을 수록한 책으로, 총 20편으로 구성되어 있다. 이 말은 2편 위정에 나온다. 위정 11의 '온고이지신 가이위사의(溫故而知新 可以爲師矣)'를 해석하면 '옛글을 충분히 익히고 새로운 것을 알면 가히 스승이라고 할 수 있다'는 뜻이다. 하필이면 정치 편에 스승의 자격을 수록했을까 생각해본다. 위정(爲政) 정치 지도자도 스승에 준하는 역량이 있어야 한다는 말이다. 올바른 정치를 하려면, 앞서 훌륭한 역사와 전통을 충분히 학습하고, 더 새로운 것을 지향해야 한단 말이다. 여기서 법고창신(法故創新)이 나온다.

군군신신부부자자(君君臣臣父父子子), 자기 위상을 제대로 익히고 바로 행동하여 모범을 보여야 세상사가 바로 선다. 요즘 말로 바꾸면 '너부터 잘하세요.' 자신의 행위를 알고 말을 하라는 것이다. 선대가 모범은커녕, 빚투성이, 오염물질만 남기고 사라지면, 무엇을 기준 삼아 온고지신이 되겠는가!

어쩌다 어른이 되었다. 풍월이 늘어나니 저마다 일가견이라 올해도 각자도생 나부터 돌아본다.

무궁하다는 것

꿈이다. 가시고기 같은 사랑이 어디 있을까? 개인주의 시대에 어머니와 같은 사랑을 배우고 실천하는 곳이 어디 있을까? 지나간 세월 속에서 한번 돌이켜 본다. 나는 얼마나 많은 사람과 대화 하면서 그들을 이해하려고 했을까? 위국헌신, 멸사봉공, 자식을 위해서 운명과도 싸우던 선진들의 헌신을 우리는 얼마나 이해할까? 그들이 생각하는 나라와 사람들에 대한 사랑은 아마도 가시고기 같은 사랑이었으리라 본다.

살을 떼어 자식을 먹이고 산화하는 거미의 일생처럼 그런 삶을 닮아 버린 어머니를 따르고 싶은 게 아니다. 아들 덕에 어머니란 명칭을 얻었지만 처절하게 살고 싶지 않다. 이타적인 봉사 정신으로 살아갈 자신도 없다. 다만 관계에 있어 최선을 생각해보는 거다. 상대에 따라 주고받을 수 있는 알맞은 거리를 말한다. 진심으로 너와 나, 주어진 관계에서 서로 간에, 정성을 다할 때, 균형 잡힌 관계의 정립을 이룬다고 하겠다.

고전의 향기

언제부터 옛글을 좋아했는가? 명확히 답하기 어렵지만 서당 집 내력과 "충효입신(忠孝立身)"이라는 가훈도 한몫이겠고, 선비정신으로 생을 다하신 부친의 영향도 있겠다.

자라면서 은연중 고전에 익숙해진 것 같다. 살아오며 이러지도 못하고 저러지도 못하고, 맘 자리를 동동거리던 젊은 시절, 한숨, 눈물. 분노를 삼키게 해준 게 바로 고전이다. 어쩌면 의지하고 싶은 종교적인 힘을 고전이 대신해준 셈이다.

고전은 위안이었고 나의 살아가는 원동력이다. 내세의 행복이나 영생불멸을 약속하는 일반 종교에 미치지 못하나 고전은 오롯이 현재를 바르게 가르치는 묘한 매력이 있다. 사람으로서 제 역할을 중시하는 교양서요, 정신수양에 필요한 보고이며 정석을 보여준다. 살다 보니 좋은 분도 만났고, 용기 있는 인간도 꽤 많이 보았다. 모두가 태어날 땐 같은 모습이지만, 마지막 떠나는 장면은 각양각색 아닌가. 매 순간 행실로 이어진 이름, 사후까지 이어질 정석을 가르치는 고전이다.

'너는 네게 주어진 세상 어디쯤에 서 있느냐?' 하늘의 물음에 고전을 통해 답을 할 수 있었으면 한다.

마중물

'빨리 가려면 혼자 가고, 멀리 가려면 여럿이 가라' 더불어 살아가라는 의미의 아프리카 속담이다. 장작불도 하나보다는, 여러 개가 활활 타야 화력이 좋다는 뜻이겠다. 화합의 강조이다.

콜링워터, 투자심리를 유발시키는 정책이다. 잠깐 힘든 기업을 지원해서 활성화시키자는 경제 용어로 '마중물'을 재해석해 본다. 물 빠진 펌프에 물을 끌어 올리려면 미리 준비해 놓은 한 바가지 물을 붓는다. 깨진 독 물 붓기처럼 펌프질도 그런 경우가 있다. 받아 놓은 물동이 물을 다 붓고도 펌프물이 올라오지 않았을 때, 펌프 안에서 압력을 주관하는 고무 패킹이 찢어진 것을 아는가? 고장 난 것이다. 그런 줄 모르고 아까운 물만 다 소비하고 말았다면 얼마나 아쉬울까? 펌프질은 또 얼마나 했던지, 힘도 빠져버렸다. 실책이다. 펌프부터 살펴야 한다. 고치고 나서 물을 붓든지 말든지 해야 할 것이다.

내 정성과 노력이 발판 되어 누군가의 행로에 힘이 된다면 삶에 보람이요, 상호 가치라 하겠다. 한 바가지 물을 꼭 돈으로만 해석하지 않아도 될 것 같다. 따뜻한 이해, 진심 어린 격려도 될 것이다.

부전자전

불치병자가 한밤중에 아기를 낳았다. 급히 등불을 들어서 아기를 살펴본다. 제발 자기를 닮지 않기를 바라는 마음이다. 자신은 비록 불치병을 앓고 있지만 자식만큼은 제발 정상이길 바라는 부모 마음이다. 장자 천지 편에 나오는 이야기이다.

사실, 모든 부모 특히 아버지들은 아들이 자신을 똑 닮기를 바란다. 아버지랑 쏙 빼닮은 아들이라 부전자전이라 한다. 그러면서 한편으로는 닮지 않기를 바라는 마음도 있다.

이 이중적 의미는 무엇일까? 역시 부성애로 본다. 지극히 정상인 경우인데도 그렇다. 자신의 미완을 알기에, 닮기 바라면서 닮지 않기를 바라는 아버지의 마음은 애절한 시가 되어 항간에 돌아다니기도 했다.

장자 편에 나온 불치병자는 어떠할까? 자기 전철을 밟지 않기를 간절히 바라는 참담한 심경일 것이다. 교사의 길도 그러하다. 제자들이 잘 따르길 바라면서 부분적으로만 닮지 않길 바란다. 선생보다 낫길 바란다. 스승은 언제나 제자를 사랑하는 마음의 소유자이기 때문이다.

밤을 이루는 공간

그대와 나, 오늘도 아픔과 기쁨의 씨실 날실로 뜨개질한 옷을 입고 하루를 보낸다. 오늘은 힘든 시간이 더 많았는지 모른다. 우리 날마다 크고 작은 격려와 비판을 동시에 인정하는 게 좋을 것 같다. 지금도 힘든 시간인 그대에게 '밤이 깊을수록 별빛이 더욱 빛난다.'는 말을 꺼내 본다.

아시다시피 시골 하늘의 별빛은 대단히 영롱하다. 깊은 밤일수록 더욱 빛을 발한다. 별빛은 위안이다. 갈 곳이 없는 마음으로 하늘을 바라본다. 머잖아 일어날 거라는 소망의 별빛이다. 그대 뜻 밖의 난감에서 어찌할 바 모르는 답답한 심중을 이해하며, 내 안의 별빛으로 위로한다.

겸손을 배우는 시간이라 생각한다. 길고 지루한 밤과 아침을 사이에 둔 시점이라고 본다. 절망의 그늘에서 소망의 빛을 기다리는 심정으로 서 있는 것으로 본다. 동이 트면 누구보다 반가운 아침이 될 것이다. 가는 길이 험하면 험할수록 맑은 정신이 필요하다. 나보다 더 힘겨운 상황도 있는 법이다. 밤은 그래서 우리를 행복하게 해주는 시간의 공간을 선물한다. 조용하게 자신을 돌아보는 마력을 보인다. 서로를 기억하는 소중한 시간이 되기도 한다.

인간 시간표

동서양 선각의 공통분모는 기막힐 정도의 철저한 시간 관리라는 것이다. 율곡 이이 선생의 자경문(自警文)을 보자. 뜻을 세우고(입지), 말은 적게 하라(과언). 마음을 바로 하고(정심) 삼가라(근독). 독서를 부지런히 하고(독서) 욕심을 제거해라(소제욕심). 매사 정성을 다하라(진성). 정의로운 마음을 가지고(정의지심) 나를 해치려는 자가 있다면 반성하며(감화) 잠을 잘 자야 한다(수면). 학문이란 너무 일찍보다, 너무 늦게보다, 알맞게 하되 죽는 날까지 배우는 것이다(용공지효).

사실은 벤자민 프랭클린 자서전에 나오는 '자기 덕목'을 읽다가, 이 자경문을 찾아본 것이다. 프랭클린 덕목도 과식하지 말라는 말로 시작한다. 질서, 결단, 검약. 근면, 성실, 정의, 중용, 청결, 정결, 겸손을 정해서 평생 온전히 지킨다.

요즘 주변인 가운데도 한두 가지 목표를 두고 자기관리를 잘하는 이가 있다. 예쁜 몸매가 되겠다든지 자격증 취득이나 학업 연장이든 알뜰한 목표를 정하고 꾸준히 노력하는 의지가 대단하다.

1/4분기를 보내면서 새해 다짐을 돌아본다. 아직은 진행 중이라지만 열심히 준비해야 하는 것이 보인다. 중간점검이라고 해야 할

까, 보완이라 해야 할까. 계획안에다 한 가지 추가해야 할 듯하다. 체력도 보강해야 한다. 나날이 피곤이 깊어지니 삶에 대한 의욕을 고취해야 한다. 기력이 시들시들해지는 걸 느낄 때마다 운동과 적당한 음식섭취가 중요함을 느껴본다.

세월

참, 빠르다. 세월이라는 시간이 어쩌면 이리도 잘 갈까? 인생이란 백마가 달리는 것을 문틈으로 내다보는 것과 같다고 한다. 인생 자체요, 만국 공통이다. 중국 고전에서도 이런 말이 나오는 걸 보니 더욱 그렇다. 도저히 멈출 수 없는 시간, 정말로 묘책은 없는 걸까?

환갑 전후부터 지인들도 세월이 빠르다고 말한다. 바로 엊그제 일 같은데 벌써 수년이 흐른 듯하다. 지난 시간에 대한 회고요 고찰이 부족해서일까? 그래, 무엇이 그리도 부족했단 말인가! 각각 다를 것이다. 사람마다 생각의 차이와 정도의 차이가 존재하니 말이다.

누가 봐도 멋지다 못해 대단한 인물의 삶도 마지막은 늘 아쉬움으로 남는다. 누가 봐도 내공 백 단의 진지한 삶도 아쉬움이다. 두 성향을 다 살다 가면 얼마나 완벽할까? 왠지 그래도 아쉬울 것 같다. 결론은 허무인데 말이다. 그 허무를 예상하며 지혜로운 삶을 지향하는 분들을 보고 있다. 전혀 어울리지 않는 여정과 생활권역임에도 불구하고 화법과 행보가 부럽다.

차원이 다른 우정을 보인 사람도 있다. 조선의 허균과 매창의 우정이 그렇다. 허균은 매창을 사랑했지만, 잠자리를 같이하지 않았고, 정신적인 사랑을 이어갔다. 부안 기생이었던 매창을 대하는 허균의 진실한 우정의 마음을 엿보게 된다. 사람 향기 나는 우정의 대화가 무엇인지를 보여주는 대목이다. 매창의 진짜 인연은 천민 출신으로 뛰어난 시인이었던 유희경이라는 인물이다. 허균은 매창을 생각하며 다음과 같은 글을 남긴다.

"계생은 부안의 기생이라, 시에 밝고 글을 알며, 노래와 거문고를 잘한다. 그러나 절개가 굳어서 색을 좋아하지 않는다. 내가 그 재주를 사랑하고 허물없이 친하여 농을 할 정도로 서로 터놓고 이야기하지만 서로 지나치지 않니하였으므로 오래도록 우정이 가시지 아니하였다."

진정한 세월의 향기가 바로, 이런 부분이 아닐까 한다.

제2부

언어의 고향

모순

"세상에서 제일 강한 창과 방패가 왔습니다. 이 창으로 말할 것 같으면, 그 어떤 방패도 다 뚫을 수 있습니다. 또 이 방패로 말하자면, 그 어떤 창이라도 다 막아낼 수 있습니다. 빨리빨리 사십시오."

《로미오와 줄리엣》을 읽어 봤느냐는 질문에, 로미오는 읽었는데 줄리엣은 다음에 꼭 읽을 거라는 학생의 답이 있었다. 비슷하게 이어진다. 흥부 먼저 읽고 놀부는 나중에 읽겠다는 말도 들었다.

《지킬 박사와 하이드》라는 작품이 있다. 지킬 박사는 자기 본성의 선악에 관해 실험한다. 악을 분리 확대하는 약을 조제하여 온갖 나쁜 짓을 자행한다. 하이드에서 선약을 먹고 본 모습으로 돌아오는데, 내성이 생겨 파멸하고 마는 이야기이다.

동양사상의 성악, 성선설에서, 선을 지키는 것은 교육 교양이라 한다. 악을 버리거나 물들지 않으려 수고하는 것도 가정, 학교, 사회, 종교적 가르침이 필요하다고 한다.

누구나 바다 같은 마음일 때가 분명 있다. 어느 땐 송곳 하나 꼽을 길 없는 마음자리도 있다. 옳고 그름을 판단하지 못하면, 누구처럼 기이한 뉴스의 주인공이 내가 될 수 있다는 건, 나만 아는 비밀이다.

모순을 파헤치기보다는 모순을 존중하려는 배려의 마음도 필요하리라 생각해본다. 현대사회의 이면에 흐르는 수없는 모순들의 모습도 우리 사회에서 알아두어야 할 요소이다.

인정

당신은 어떤 경우에 존재 가치를 느끼는가?

카네기 처세술에 나오는 질문이다. 질문 자체가 존재의 가치이니 명예를 논하는 내용이 얼마나 가치 있겠는가? 상실 중에 명예실추는 극도의 스트레스를 유발하고 생의 존망까지 위협한다니, 인정의 갈망에는 인정이 약일 게다. 하지만 그 인정이란 게 하루 이틀에 만들어지는 것이었나! 게다가 마땅한 칭찬과 귀맛 좋은 아첨의 구분이 모호할 때가 있다. 계산된 아첨은 칭찬을 닮았다고 한다. 그러나 가슴을 울리는 칭찬에 비해 아첨은 입술로부터 나오는 것이다. 아첨이 인정처럼 비치는 경우가 있기에 하는 말이다.

어떤 이는 입술에 자꾸 침 바르며 말하는 걸 경계하라는데 맞는 말이다. 아무튼, 생활 웬만한 건 노력 여하에 따라 충족될 수 있으나, 이름과 인품에 마땅한 인정은 접목하기 어려운 단어이다.

상생의 생애, 유일한 사람의 유일한 이름지로 남는 것! 내 평생의 목표요, 업적이라고 생각한다. 남에게 인정을 베풀고 살았으니 말이다. 그동안 어렵게 공부를 하고, 직업을 구하고, 힘들게 돈을 벌고, 동반자를 찾는 까닭 모두가 인정의 과정이라 생각한다. 그 자리에 그대가 어울리는가? 그 사람에 그대가 마땅한가? 혹 그 자리가 무리가 되진 않는가? 자문이다. 스스로 점검한다. 세상에 밝은 이름을 보면 남다른 노력을 했고, 노력의 또 다른 이름이 “인정”이다.

사나이는 자기를 믿어 주는 이에게 목숨을 걸고, 여인은 정절을 바친다는 말이 있다. 인정의 맥락으로 보면 다양한 사람들의 관계에서 상충하는 부분이다. 인생에서 가장 잘했다 싶은 이야기 또한, 인정을 베푸는 일일 것이다. 남은 인생길 최상의 양분인 칭찬과 인정을 기억하고 싶다.

나는 누구인가

어느 시점의 글인지 습작이랍시고 끄적끄적하던 글을 발견한다. 말 같지도 않은 넋두리가 대부분이다. 더러는 제법인데 싶은 수필도 있다. 돌아보면 지난 글들이 부끄럽고 미안하게 생각한다.

수년 전 가상의 전원일기가 있다. 노천명의 시를 봤는지, ‘이름 없는 여인이 되어’ 산골에 들어가 살고 싶다는 말이 쓰여 있다. 다음 세상엔 일 잘하는 사내를 만나 땀 흘리면서 농사지으며 살고 싶다는, 《토지》의 저자 박경리의 글도 공감하고 동경한다. 혼탁한 세태를 뒤로하고 돌아가자, 돌아가자, 고향으로 돌아가자던 도연명의 '귀거래사'가 생각난다. '벼슬을 버리고 고향으로 돌아간다.'라는 귀거래사처럼 우리는 지금 무엇 하고 있는가?

도연명 시인은 중국 역사에서 가장 뛰어난 이름 있는 시인 중 한 명이다. 그는 자연을 좋아하고 세상에 휩쓸리기를 싫어했지만, 거느려야 하는 식구들이 많아 늘 가난하게 살았다. 하지만, 그는 세상과 타협하지 않았고 관리로서 부정을 저지르지 않았다. 혼자서 유유하게 살고자 했다. 자연과 더불어 살고자 하였다. '나 홀로 내 집을 지키며 산 밭에 기장 심고, 무논에 모를 심어, 힘써 김매고 가꾸어 주면 가물든 비가 오든 따지지 않겠네. 가을에 어느 정도 추수는 할 것이니, 그것으로 내 생명 보전하리라.'

다산 선생도 말년 소망을 내 맘인 양 그려내셨다. 다산이 추구한 삶도 정직하게 사는 인간의 한 단면을 소개한 부분이다. 진정으로 나는 누구인가를 깊이 되새겨 보는 시간이 필요하다는 공감을 얻는다. 행복이란, 어쩌면 나를 발견하는 지금이 아닐까 한다.

사색

일이 풀리지 않거나 대화의 벽이 두꺼운 날엔 피로감이 가중되는 것 같다. 자리에 누워도 쉽게 잠들지 못하겠고 이리저리 뒤척이다 결국은 책을 집어 든다. 한낮에 지녔던 옹졸함을 풀어주며, 굽은 심지를 잡아주는 것은 그래도 독서인 듯하다. 주변을 정돈하고 맘 자리를 가지런히 한 다음, 차 한 잔을 옆에 둔다. 송학처럼 맑은 기분과 호젓한 시간에 평온함이 느껴본다.

카네기의 《인간관계론》을 반복해 본다. 사람과 사람 사이 언행을 다양한 각도로 상세히 안내하고 있다. 같은 내용이라도 만나는 시점에 따라 다짐이 다르다. 어느 땐 인간관계론을 출발점으로 놓고 본다. 어느 땐. 상대와 갈등 장면을 놓고 글을 접목한다. 지금은 여러 인물과 인연을 헤아리며 그와 마무리 장면을 놓고 내 마음 자리를 대입한다.

참 빠르고 아쉬운 게 관계와 시간이다. 한 해가 시작되는가 싶은데 시월 후반이다. 개강도 없이 한 학기가 지나가고, 올해는 유독 시간과 잔고를 가늠해야 할 것 같다. 초조하고 잠결에 일어나 찬물을 마신 듯 정신이 번쩍 들고 투명하다.

인생 뭐 있나? 자신을 위해 살라는 주변 목소리도 들린다. 자기를 위한 삶은 무엇인가? 너와 나, 만남 필요하고 인내와 도움으로 즐거움과 보람을 행복으로 귀결시키는 것이 중요하다. 결국, 오늘 밤도 '자기답게 성숙하라'는 구절을 되새기며 자리에 든다.

감성의 편지

창밖에 가느다란 비가 내린다. 봄을 부르는 봄비인가보다. 겨울이 사라지고 있다는 증거이다. 올겨울은 그리 춥지 않았지만 긴 겨울을 보낸 것 같다.

이 겨울 보내고 나면 깊은 세월의 강을 건너가는 기분일 것 같다. 감성을 느끼는 온도의 차이는 있겠다. 나만의 힐링 모드가 작동되나보다. 즐겁게 사는 이야기를 보고 듣다 보면 어느새 혼자만의 시간이 돌아온다. 독서도 하고 사색도 하고 싶다.

그대는 빗소리가 마음에 들어오면, 무슨 생각이 떠오르는가? 나는 어린 날 잠결에 듣던, 고향 집 처마 밑으로 툭툭 떨어지던 낙숫물 소리가 떠오른다. 아른거린다. 눈 감고 볼 수 있는, 그리운 고향 풍경 한 자락이 그립다. 유리창에 후드득 빗방울이 묻어나고, 서로 꼬리를 이어 줄기를 만들어 흘러내린다. 아래로, 아래로 대지의 몸속으로 저기 시내로 저기 저 넓은 바다로 만나지듯, 어느 먼 날, 우리도 그렇게 만날 것이다.

마음 안에 누군가를 정해 놓고, 길고 긴 기다림의 시간을 가져 본 이는 기다림의 미학을 알 것이다. 나도 넓고 깊은 강물만큼이나, 절실한 기다림을 간직하고 있기 때문이다. 지금 빗소리를 배경 삼아 책을 펼친다.

'가득한 금고보다, 책이 가득한 서재를 가지라.' 독서처럼 돈 안 드는 오락도 없고, 독서처럼 오래가는 기쁨도 없다. 문득, 독서라는 말 대신 '그대'로 바꿔보면 어떨까 하는 생각이 든다. 그대만큼 오래가는 기쁨도 없다.

원

원불교에서는 동그라미를 일원상(一圓相)이라 명명하며 진리의 상징으로 본다. 완전체에 대한 의인화라고 이해해도 되는지 모르겠다. 실은 '동그라미'라는 노래를 들으면서 원의 의미를 생각해보는 것이다.

친구들이 남진파, 나훈아파로 나뉘어 상극을 이루던 여고 시절이 있었다. 강변가요제와 대학가요제는 신문물에 가까웠다. 절절한 트롯에 비하여, 경쾌한 리듬이 얌전한 고3 정서를 대책 없이 마구 흔들어 놓았다. 건아들, 활주로 팀 드럼과 기타 키보드의 합주와 보컬의 노랫말, 모두 생경했다.

때마침, 《잃어버린 조각(My missing piece)》을 읽은 직후라 이 빠진 동그라미가 마음을 파고들었다. 완전체를 동경하는 동그라미는 얼마나 귀한 존재인가?

온전하지 못한 동그라미가 잃어버린 조각을 찾기 위해 여행을 떠나는 과정이다. 계절 따라 밤과 낮, 꽃과 나무, 벌, 나비, 딱정벌레, 찬 이슬, 비바람을 만난다. 쉬엄쉬엄 노래하며 짝을 부른다.

어느 날 꼭 맞는 짝을 만난다. 완전체가 되었다. 너무나 기쁘다. 전보다 몇 배는 빨리 갈 수 있지만, 다른 만남의 여유와 느낌 없이 오직 빠를 뿐이다. 느림의 미학은 더 이상 없다.

노래는 이런 내용을 담고 있다. 돌아가고 싶은 시절이다.

막내의 아픔

요즘 아이들이 일 년에 한두 번씩, 명절에나 만나는 그 대가족과 우리는 매일을 살았다. 모든 면에 부족함은 있었지만, 불편, 불행이라는 단어를 모르고 살았다. 사라진 어린 날 풍경이 아직, 머릿속에 머물고 있다.

물질의 풍요와 마음의 평화가 반비례한다. 눈앞에 보이는 풍경보다 마음속, 머릿속에 그려보는 풍경이 더 아름답다. 말도 되지 않는 옛이야기가 그립고, 말도 되지 않는 이야기를 나누던 부모 형제도 그립다.

예전에, 스무 살 더 많은 큰오라버니께서 말씀하시기를 '우리 막내가 제일 안쓰러워. 이런저런 일 다 겪을 것이다.'라며 안타까워했다. 내가 형제들 중에서는 제일 오래 살 텐데 왜? 철없던 내 이해력으로는 알아듣지 못할 말씀이었다. 아버지 어머니 큰오라버니, 언니들, 형부, 오빠들과 이별할 때마다 목 놓아 울고불고 몸부림칠 것을 미리 예견하신 것이다.

정말 절절하게 체험한다. 오는 순서에 비하여 가는 순서는 없다지만 대체로 윗사람이 앞서는 모양이다. 열 남매로 출발하여 중도에 둘 잃고, 팔 남매로 살았다. 이제 넷 남았다. 제발 아프지 않기를 바라는데 오늘도 아픈 소식이 들려온다. 언제 이별을 만날지 두렵고, 추억과 함께 정도 소멸할까? 자꾸만 고향 생각에 기억이 흐려지고, 조바심이 오는 건 어떨 수 없다. 이제는 건강을 챙기는 삶과 미래를 준비하고 기다리는 삶을 살아야겠다.

정도를 지키는 삶

'택시 안에서 손님이 방귀를 뀌었다고 칼로 찔렀다.'

어제 부산에서 있었던 뉴스이다. 앞뒤 부연 설명 없이 보면 참으로 어처구니없는 이야기이다. 전후 사정을 들여다봐도 '동방예의

지국' 이야기는 아니다. 인간의 잔혹함을 다시 본다. 생리적인 현상으로 인해 사람을 죽이다니 어처구니없다.

가끔 소설보다 더 기이한 뉴스를 접하다 보면, 이 또한 현 시대상인지 암울한 심경이다. 종일 분주하게 일하고 나서, 저녁에 뉴스를 들어보는데 사건들이 많다. 어찌 그리 소란하고, 안타깝고 힘든 이야기만 전개되는 건지 모르겠다.

사람이라면 당연히 조심해야 하고, 또 이해할 수 있는 일상이 사건화되고 있다. 예전 식생활에 관한 말도 같은 맥락이다. 자연스레 방귀도 잦았다. 하여 몸가짐을 항상 삼가야 하는 걸《소학언해》에서 가르친다. 오늘날로 치면 유치원 교육이다.

"잘못한 것보다 잘못인 줄 알고 고치지 않는 게 잘못이다."

습도와 온도가 높은 날은 공기의 확산 속도가 빠르다. 밀폐된 공간에서 독한 방귀를 뿜어내는 것은 실례이다. 하지만 자연 방출이니, 사과하고 조심하면 해프닝일 것을 그리도 무심하게 분을 낼 필요는 없다고 본다. 본질은 방귀가 아니라, 못된 말씨가 아니었나 생각한다.

누구나 정도를 지키는 삶을 살아야 하는 이유가 바로 여기에 있다. 남을 배려하는 자세에서 우리 사회의 문화가 자리 잡기를 바란다. 올바른 표현과 행동으로 즐거운 사회가 되었으면 한다.

몇 살입니까

홀로된 지 수십 년 된 홀아비가 있다. 그간 어찌어찌 살아왔지만, 나이 80쯤 되고 보니 나날이 허전하였다. 둘째 부인을 얻고 싶은데 너무 늙은 나이가 염려되었다. 돈은 넉넉한지라, 방물장수에 후하게 사례하며 부탁한다. 자기 나이를 '24세'라 말해 달라고.

방물장수의 말에 속아 한 과수댁이 시집을 오게 되어 신방을 차린다. 첫날 밤 촛불 아래에서 신랑을 보니 머리가 호호백발에다 앞니도 다 빠진 팔순 노인이라 기가 막힌다.

신부가 묻는다. "도대체 진짜 나이가 몇인가요?" 신랑이 24세라 하니, "24세면 한창 청년인데 어찌 그리 늙으셨소?"

신랑이 다시 말하길, "실은 42세라오."

"42세도 아닌 듯하오? 40대가 이빨이 다 빠지고 머리가 그리 하얗단 말이오?"

늙은 신랑이 다시 말한다. "실은 4면으로 20이라."

신부가 펄쩍 뛴다. "네? 그럼 팔십이란 말이오? 이렇게 나이를 속였습니까!"

신랑은 기세등등하게 "처음부터 실제로 말하였느니라, 이십이 4면 팔십이오. 사십이 2면 팔십이지. 자네가 알아듣지 못했을 뿐이야! 내 비록 고령이긴 하나, 그대가 잘 대접해 주면, 몇 해는 살지 않겠느냐!" 했다.

이분들, 첫날밤을 잘 보냈는지 어머나, 의외의 변수가 일어났는지, 신부가 울었는지, 없던 일로 했는지, 뒷이야기가 없어서 궁금하다.

어른 대접이 잦아지면 나이가 드는 시점이라 한다. 세월이란 백마가 달리는 것을 문틈으로 보는 것과 같다. 시간은 변함없는데, 느끼는 속도는 나이에 비례한다. 나이보다, 나잇값에 맞게 살고 있는지 그게 두렵다. 인생에는 나이에 걸맞게 살아야 하는 기본 의무가 있는 게 사실이다.

도라지

도라지, 도라지, 백도라지, 꽃이 시골집 텃밭에서 피고 있다. 분명히 백도라지 씨를 뿌렸는데 보라색 도라지꽃도 섞여 있었다. 이상하다. 흰색 보라색이 함께 피니까 보는 맛은 더욱 풍성하다.

종묘과정에서 섞인 정도로 이해되지만, 꽃을 보면서 일없이 혼자서 상념에 잠긴다. 아니, 백도라지 씨를 뿌렸는데 왜 보라색 꽃이 피는지, 씨앗으로는 알 수 없는 일이다. 꽃이 증명하는데, 그래도 뿌리는 백도라지라고 할까?

태산명동서일필(泰山鳴動鼠一匹)을 떠올린다. 세상이 떠들썩할 만큼 거대한 이슈가, 결과에서 너무나 보잘것없는 경우다. 물론 도라지꽃 색깔과 연관은 적겠지만, 과도한 거품을 경계하자는 의미로 본다.

이왕에 도라지를 심을 생각이면, 백도라지를 심으라는 주변인의 말이 있었다. 약효가 좀 더 낫다는 이야기이다. 하지만, 보라색 도라지도 명색이 도라진데 효력이 없지는 않다.

앞서 말했듯이 꽃이 예쁜 것은 상관이 없다. 다만, 결코 백도라지라고 목줄에 핏대까지 올리며 강조하던 종묘상 아저씨께 이 말을 하고 싶다. 남을 속이지 말고, 애당초 더러 섞여 있을 수 있다고 하면 될 것을 장삿속인지, 돈 몇 푼에 이리 속이는 태도가 안되었다. 아무튼 이렇게 예쁜 도라지꽃 사진을 보여 드리고 싶다.

미용실 아줌마

한 달에 한 번은 미장원에 간다. 파마나 커트를 하기 위해서이다.

시간에 매여 사는 형편이라 미용실 가는 일이 숙제 같다. 오늘 아니면 일주일을 더 견뎌야 하니 아무 미용실을 찾았다. 예약 없고 기다림 없는 외진 곳에 보인 아무 미용실에 들어섰는데, 원장님이 정말 파리를 잡고 있었다.

‘어떤 머리 모양을 원하는가?’ 물어본다. 위는 볼륨을 주고, 옆 뒤는 드라이 파마로 해달라고 한다. 시간이 길어지고, 중화하고 감고, 말리고, 완성한다.

위, 아래 앞뒤, 똑같이 ‘뽀글뽀글’ 라면 머리가 보인다. 원하는 머리는 어째서 물어봤는지 그것이 궁금했다. 머리숱 어디가 부족한지, 두상 어디를 보완할지 너무나 잘 알던, 예전 단골, 신지 헤어 원장님의 미소가 떠오른다.

아무 미용실 원장님은 심사도 좋지 않았다. 미용기술도 그렇지만, 내 머리를 마는 내내 누구와 전화로 싸우는 것이다. 화장실 문제로 옆집과 다투고, 아들에게도 욕하고 성질을 부리며 머리를 만졌다. 근일에 못 본 귀한 장면이다.

전화를 끊고 나서는 자기 팔자가 사납다며 연속 푸념을 한다. 팔자보다 성질에 문제가 있어 보인다. ‘바늘방석’이 뭔지 알 것 같다. 이런저런 생각들을 하고 나오는데, 뽀글머리가 이쁘다며 다음에 또 오라고 한다. 미용실은 정보통 엄마들의 수다장이다.

친구

“내일, 영등포에 사는 아들 집에 가는데 잠깐 볼 수 있나? 보고 싶다.” 수원에서 잠깐 보자는 고향 친구의 연락이다.

한번 보자. 오랜만에 듣는 고향의 정감이다. 친구와 오랜만에 만나서 대화하면, 참 편안한 대화를 나눌 것이다. 시간이 없으니 다음에 보자 변명했지만, 미안한 마음이 든다. 언제가 될지 모르는 다음 기회를 외치며 친구와의 통화는 끝났다. 만나자면 만날 수 있는 사이라서 소홀한 것일지도 모른다. 그렇게 말해도 이해하는 친구라서 지금 내 입장만 말해 버린 것이다.

잠시 여유로운 시간 동안 관계에 관한 생각을 담아본다. 이해의 척도라든가 상대에 배려의 윤리를 접목해 본다. 지난 추억을 돌아봐도 언제나 친구의 배려가 많았다. 천성인지, 노력인지, 품성 넉넉한 언니 같은 친구이다. 늘 그래왔듯이 마늘이며 양파, 풋고추, 농산물 중에서 제일 좋은 것을 골라 전해주고 싶어서 보자고 했을 것이다.

자주 만나지 못해도 자주 만난 것처럼 편안한 벗이다. 항상 자기를 낮추고 상대를 높여주는 의로운 친구이다. 도시 시간은 바쁘게 가고, 시골 시간은 느리게 가는 것이 아닌데, 늘 이렇게 전개되고 마무리된다.

만나는 장소마저도 나는 커피숍이나 식당 한구석을 마련하는 반면 친구는 넓은 안방을 내어준다. 자꾸 빚이 늘어간다.

소소한 행복

인생은 나그넷길이다. 어디서 왔다가 어디로 가는가? 구름이 흘러가듯 떠돌다 가는 길에 정일랑 두지 말자. 미련일랑 두지 말자. 인생은 나그넷길 구름이 흘러가듯 정처 없이 흘러서 간다.

알렉산드로스 대왕은 주변국을 정복하는 것이 최고 목표 최대 영광으로 여겼다. 대제국은 이루었으나 늘 외로움과 불면에 시달리다 서른둘에 일기를 마친다. 이 부분을 보고 있는데, 하숙생이 부르는 노래가 들려온다.

알렉산드로스 대왕은 죽음 앞에서 참으로 초연했다는 기록이다. 유언도 특이하다. "관 뚜껑에 구멍 두 개 뚫어, 두 손을 내놓고, 관을 메고 온 거리를 돌아다녀라, 인생은 빈손으로 왔다가 빈손으로 가는 것을 보여줘라."

살아서 온갖 금은보화에 부귀영화를 누렸지만 귀중한 생명을 너무 일찍 소모했다. 인생의 참맛이 무엇인지, 마지막 가는 길에 깨닫는다. 인생은 전쟁이 아니라는 메시지를 남기고 싶었나 보다. 인생은 나그넷길, 아이패드, 노랫말, 독서 장면이 절묘하게 매치된다.

비밀

세상에 비밀은 없다. 누구나 크고 작은 비밀을 품고 사는 게 일반적인데, 세상에 비밀이란 게 없다. 다시 말해 감추고 싶은 일은 있지만, 절대 비밀이란 없다.

감출 수 없으면 비밀이 아니다. 비밀은, 밖에다 내놓기 민망한 사연이 대부분이다. 그것이 본인에 사안이면, 본인이 입을 다물면 될 텐데 그 내용이 왜 어찌하여 밖으로 돌아다닌단 말인가? 이는, 스스로 드러내고 싶은 아이러니의 작용이다. 비밀인데, 반드시 감춰야 할 사연이지만 단 한 사람 꼭, 믿을만한 이에게 심경을 풀어놓고 싶다는 말이다. 결국, 대나무 숲의 효과가 나온다. 비밀에 대한 해법은 비밀을 아예 듣지도 말고, 생기는 즉시 털어내라 한다.

자기 비밀은 자기에게 고백하는 것이 효과적이다. 대안이 제일 명확하고, 새어 나갈 경우의 수가 없다. 사물과 대화도 괜찮다. 낙락장송처럼 푸른 나무와 푸른 하늘, 보름달, 반려동물까지이다. 나를 진정으로 따뜻하게 해줄 수 있는 것은 내 자신의 체온뿐이라, 기도와 참선을 해보고 성서, 경서, 교훈적 글을 써보고 읽으라는 조언을 보는 중이다. 어떤 이는 아름다운 비밀도 있다고 말하는데, 그런 비밀은 없다.

무엇을 할까!

나중에 더 나이 들면 종일, 무슨 일, 무슨 생각으로 살까! 자녀들은 성장하여 다 집을 떠나가고, 바깥양반은 여러 모임에 나가 동기들도 만날 것이다. 일 없고, 돈 없고 시간만 가득한 여인들은 말 그대로 빈 둥지만 지키는가?

젊은 시절의 이런 생각이 오산이란 걸, 최근에 알게 되었다. 자녀들을 보내고 나면 홀가분히 나와서 여기저기 다니거나 여러 가지 배우고 즐기는 모습을 자주 만나기 때문이다.

반해, 넘치는 시간 어찌할 길 없어 지루한 경우도 보인다. 기계적으로 전투적으로 움직이는 시간에서 벗어나면, 날아갈 것 같은데, 막상 당면하면 그렇지 않다. 준비되지 않은 이별에 당황하듯이, 준비되지 못한 여가에 당황스러운 말들이 분분하다.

인생 이모작의 경영인데, 이제 젊음을 뒤로하고, 노년의 길목에 섰다. 정서적 과도기이다. 무엇을 할 것인가? 무엇을 하고 싶은가? 무엇을 할 수 있는가?

여러 생각에서 가능성을 저장한다. 시간과 비용 즉, 기회가 없어 못 해본 일을 꺼내 본다. 가장 편안한 대상과 여행 떠나기, 길고 긴 여행에서 돌아와 무던히 아늑한 공간 만들기, 그림을 배워 볼까? 익기를 배울까? 글쓰기를 배울까? 재능기부를 찾아볼까? 바보는 언제나 계획만 한다. 아직, 한단지몽이다.

수심

식산 이만부 선생의 부끄러움에 대한 가르침을 본다. 세상에 잘못 없는 이가 어디 있는가? 공자께서도 한 말씀 하셨다. 세상에 잘못 없는 사람 없으니, 잘못한 것보다, 잘못을 인정하지 않고 고치려 하지 않는 게 잘못이라, 개과천선을 강조하셨던 것이다.

부끄러움이 있다면 부끄러워해야 한다. 부끄럼이 없다 해도 부끄러운 것을 알아야 한다. 부끄러움을 아는 사람은 부끄러운 일이 없고, 부끄럼이 없다는 사람은 반드시 부끄러움이 있기 마련이다. 그러니, 부끄러움을 가지고, 부끄러움을 아는 이는 나중에 부끄러움이 없어지게 된다. 부끄러움이 있는데도 부끄러운 줄 모르거나, 부끄러움을 감추려고 하면 부끄러움은 사라지지 않는 법이니 감추려 하지 마라!

의미 있고 재미있는 시어이다. 전문이 길어 맘대로 요약한다.

지난날, 돌아보면 부끄러움이 절반이다. 때마다 솔직하게 인정하는 것이 마땅하나 그게 참 어려웠다. 자꾸 되새겨야 할 글이다.

혼자만의 무대

알람보다 먼저 울리는 문자 수신, 카스(카카오스토리)며 카톡 알림 소리가 선잠을 깨운다. 비몽사몽 간 더듬더듬 휴대폰을 본다. 몇 분의 여유가 있다. 알뜰한 시간, 조금만 더 자다가 다시 울리면 다시 보고, 다시로 시작하는 아침 풍경.

일어나기가 고행이지 그다음은 기계적 움직임이다. 매양 그 자리, 그 일정으로 들어선다. 역시나 시시때때로 울리는 휴대폰. '울리면 봐야 한다'는 무의식적인 공식을 성립해 스스로 제약을 걸었다. 편리와 불편이 동시작용 한다.

홀로 있어도 혼자가 아니다. 세상 돌아가는 현상을 실시간으로 알려주는 휴대폰이 있는 한, 혼자가 아니다. 울림이 있으면 울림이 있으니까 들여다본다. 아무 일도 없는데도 폰을 들여다보는 종속은 웬일입니까?

언제는 군중 속 고독이라며 한 곳도 마음을 전할 때가 없다. 모두가 이기요, 시기 질투가 난무하는 시절이라. 심경 내려놓을 곳이 없다. 어디론가 떠나고 싶다면서 휴대폰에 대한 애착을 버리지 못하고 있다. 결국, 이 모든 상황을 일컬어 자가당착이라 하겠다. 혼자만의 시간이 그리워지는 이유이다.

중등의 인연

상등 마음, 중등 인연, 하등 복, 주렴 글이다. 세상살이에 중요한 마음가짐을 말하는 것 같다. 상등 마음이란, 상대방을 대접할 때, 상급으로 대하라, 그 사람이 지닌 가치보다 좀 더 상급으로 대접하라는 것이다. 하급의 복이라 하면, 너무 풍족한 생만 기대하지 말고 고생도 좀 해보고, 소소함에서 행복을 느낄 줄 알아라 뭐 이런 정도로 이해한다.

이 부분 글에서 각별하게 담고 싶은 말은, '중등의 인연을 맺어라' 이다. '중용의 도(道)'를 의미하고, 타인은 타인이며, 관계는 너무 멀지도 가깝지도 않은 게 좋겠다. 한때 각별했던 사이가 틀어져서 발생하는 사안들의 가르침이다. 믿는 도끼를 너무 믿지 말아야 한다.

조병화 시인도 〈공존의 이유〉에서 깊이 사귀지 말라고 한다. 헤어질 때 눈인사와 가볍게 악수하는 정도로 적당히 사귀라는 이야기이다. 모든 관계는 그 깊이만큼 좋은 면도 있지만, 뜻밖에 아픔도 유발하니 말이다. 지브란의 시 〈예언자〉에서도 그렇다. 거리를 두라고, 서로 사랑하는 사이라 해도 함께 있어 행복할지라도 사랑이란 이름으로 구속하지 마라! 적당한 거리를 두라는 말이다. 인연이란, 적당한 거리에서 시작하는 소중한 애틋함이다.

삶과 죽음의 윤리

그의 고뇌를 알지 못하고, 그가 견뎌온 불면의 밤을 이해하지 못한 입장에서, 뭐라 말할 수 있겠는가? 누구라도 한두 번 생사기로를 염두에 뒀을 법하다만, 그래도 이건 아니지 싶다. 파장이 너무 크다. 불감훼상. 신체를 훼손하지 않는 게 효의 시작이라고 한다. 자식이 조금만 다치거나 아파도 가슴 저리는 게 부모의 심중인데, 하물며 자살이라니. 영가를 떠나서 이건 아니다. 불가계율 불살생에도 어긋나는 행위다.

신으로 받은 생명체는 자신도, 누구라도 인위적으로 끊어서는 아니 되는 것이 기독교의 원리이다. 자살은 문제를 해결하는 게 아니라 회피하는 것에 불과하다고 쇼펜하우어도 말했다. 사건을 접한 지지공동체는 충격을 받았다. 인생의 최종 목적은 '사랑'이라. 연결된 인연 모두와 알맞은 사랑을 나누기 위해, 오늘을 사는 것이 아닌가? 세상살이 온갖 고뇌를 견디는 까닭도 자기애와 주변의 책임이라 하겠다. 하긴, 본인이 왜 모르겠느냐만! 죽을 각오라면 모든 것을 할 수 있다는 거다. 진정한 사랑을 할 수 있다면 모든 것을 할 수 있다는 말이다. 안 그래도 요즘 화두가, 살기 어렵다고 하는데, 지도층 선례가 심중을 서늘하게 한다. 세월이 야이다.

이해의 선물

언제 어디서 나에게 깨달음과 감동을 주는 사람들을 만나게 될지 모른다. 또 언제 어느 때, 어떤 사람이 내 도움으로 어려움을 해결할지 알 수 없는 노릇이다. 이런 과정에서 서로 귀한 심리적 보상을 주고받는다.

코로나 여파로 기초수급자가 10만여 가구가 늘어나 현재 200여 가구라는 뉴스이다. 아득한 소식이다. 뉴스가 아니어도 주변에 힘겨운 모습이 많이 보인다. 힘든 경제 사정보다 더 어려운 마음길이 문제이다.

아파트 쪽 상가에서 스포츠 센터를 열었는데 영업이 안 돼서 너무 힘들다며 읍소하는 이웃을 만났다. 보증금 못 내 월세도 밀렸지만, 달리 할 게 없다고 한다. 정말 죄송한데 그래도 기간 좀 연장해 주실 수 없는가? 빚내어 마련한 상가 한 켠, 원금 이자도 버거운 주인장 월세만 애처롭게 기다리는데, 그나마 저렇다고 하니 어찌하나!

문득 저기 음성 꽃동네 최귀동 어르신을 떠올린다. 나눌 게 없는 게 아니라 마음이 문제라고 하셨다. "나도 많이 힘드오! 말 못 하고" 사람의 일이란 어찌 될지 모르는 일이니, 힘써 노력해서 부디

부자 되길 바란다는 덕담으로 끝난다.

허탈함과 개운함이 교차하면서 이해는, 받는 것보다 할 수 있는 쪽이 가치 있게 보인다. 서로 이해하는 사회를 만들어나가는 데 있어 무엇보다도 신뢰가 우선이라 하겠다.

계단

산에 오르는 길에 산사가 있고, 돌계단이 있어 불평하다. 절 안에 부처나 계단이나, 모두 돌인데, 누구는 매일 밟히는 신세고, 누군 높은 자리에 가만 앉아서 공양받다니 너무 불공평하다는 생각이다. 돌계단이 돌부처에게, 자기의 기구한 팔자를 하소연한다. 이에 돌부처가 온화하게 웃으며 말한다. "그대는 대여섯 번 정도 정을 맞고 돌층계가 되었다. 나는 수천 번 정을 맞고 깨지고 깎인 후 이 모습이 됐소."

처지가 어렵거나 부족하거나 뭔가 원망스러울 때, 기대치 위상에 오를 만큼 자신을 충분히 단련했는지 과정을 돌아보라는 교훈이다. 이 순간 그렇다. 현상에 대한 비교로 남모르게 불평하고 있었다. 우환이며 고난이 깊을수록 온화하고 관대하다는데 너그러운 듯하다가 다시 서럽다. 먹고살자고 일을 하나! 일을 하기 때문에 먹고사나! 그게 그 말인까? 직업과 온갖 일의 난립에서 오는 갈등!

역할갈등이라고 하는 건가? 매일이 참 고단하지만 잠시 쉬어가듯 책자에서 샘물 같은 위로를 받는다. 평온을 얻으려면 역할의 이해 득실과 집착을 놓을 줄 알아야 한다는 말! 지금 그 말을 담아야 하겠다. 계단을 오르며 인생을 배우는 소중한 기회가 되었다.

여유

사람의 생애는 어떨까? 살다 보면 바쁨도 있지만, 잠시의 시간을 어떻게 보낼까? 자연을 더불어 살아가는 우리는 현대인의 삶보다도 더한 여유가 필요하다.

현재 내가 처해 있는 상황에서 물질적 여유가 얼마나 되나! 시간적인 여유는 얼마나 넉넉한가! 공간 여유는 또 얼마나 되는가! 이런 가시적 면면은 스스로도 남들이 봐도 여유가 있는지 없는지, 알 수 있을 것이다. 얼핏 봐도 보이는 상황 이외에 마음가짐 상태를 살펴본다.

예쁘고 못나고의 차이가 아니다. 표정에 깃든 여유부터 살펴야 한다. 사람들의 표정은 다 다르지만, 늘 밝음이 있고 흐림이 있다. 가까이 다가가고 싶은 표정이 있다.

태도의 여유로움은 걸음걸이를 보면 느낌이 온다. 반듯한 걸음이 있고, 건들건들 불안한 걸음이 있다. 달리는 걸음이 있고, 주변을 흘깃거리는 이도 있다. 단정과 편안한 여러 걸음에서 여유의 다양성을 본다.

여유의 정점은 말씨이다. 언어에도 태평천하가 있고, 간교한 교언영색이 있고, 정석이 있고 단호함이 있다. 기쁨과 설렘, 반가움, 짜증, 사단칠정이 언어이다. 말씨에서 사람의 품격과 여유가 묻어나온다고 한다. 간단치 않다.

그래서 자기 얼굴에 책임지라 한다. 여기서 얼굴은, 거울에 비친 얼굴만이 아니라, 부모 형제, 몸담은 기관과 벗을 망라한, 주변인 모두의 얼굴이다.

여유는 건강을 지키는 지름길이다. 누구에게나 여유로운 삶이 보장되어야 한다.

제3부

지식의 근원

산사

아름다운 산사가 있다. 충남 보령시 오천면에 있는 고찰이다. 어젯밤 꿈속에서 선림사에 갔다. 대웅전 앞마당 은행나무 고목이 있다. 맑은 차를 마시며 누군지 모를 사람들과 긴 담소를 나누었다. 산길에서 만난 푸른빛이며 이름 모를 꽃이 평온한 여운이다.

산사는 지나는 이들이 모두 동반자처럼 대화를 주고받는다. 선림사 공주 마곡사의 말사로 삼국시대 건립된 작은 절이다. 꿈에서 등장한 사찰은 신기하다. 수원 인근에도 많은 사찰이 있고, 무엇보다 불자도 아닌데 말이다.

옛 기억의 회로를 찾아본다. 잠재된 근원을 알 수 있겠다. '진창문' 이렇게 이름을 불러도 될까? 망설이며 불러본다. 여고 친구이다.

창문이의 아버님이 선림사 주지 스님이셨다. 어느 해, 초파일에 초대받아 한 번 가봤던 기억이 있다. 꿈속에 그 은행나무에서 친구와 찍은 사진이 있다. 모범생이던 창문이!

"내 이름을 왜 '창문'이라고 지었는지 모르겠어! 남자 이름 같고 답답하다"던 너에게 내가 "'무슨 소리야! 답답하면 창문을 열면 되지! 언제든지 마음의 문을 여닫을 수 있으니 얼마나 좋아! 이름도 나중에 큰 인물 되라고 지어주신 이름 같다" 했었지! 생각날까?

내 마음의 창문을 들여다본다. 여태껏 꼭꼭 잠그고 그 위에 두꺼운 커튼으로 덮었다. 노상 답답함을 자초한 셈이다. 무엇이 그리 부끄러워서, 무엇이 그리 못 미더워서 늘 닫았을까! 가끔은 활짝 열고, 푸른 하늘 고운 풍경도 바라봄 직하지 않는가?

패권

어젯밤, TV 예능 프로그램 시청에서 느낀 점이 있어 적어본다. 시어머니와 며느리의 모습이다. 못하는 게 없는 시어머니와 일반적인 시집살이를 모르는 며느리이다. 이러한 고부 가풍이 이어져 내려온다는 점이 교훈이다. 서로를 이해하고 여자로서 존경하는 고부간의 모습이 아름답다.

예로부터 며느리는 시어머니 뒤 꼭지를 보고 배운다고 했다. 혼전이야 친정 가풍을 배운다지만, 시댁 풍속은 시어머니로부터 배울 수밖에 없다. 매운 시집살이를 겪은 시어머니가 자기 경험에 비례해 더욱 가혹하게 대하는 예화가 있다만, 이 경우는 아니다. 이처럼 고난은 물려주고 싶지 않은 게 인지상정인데, 그렇지 않은 가정이 많은 게 현실이다.

"횃대 밑에서 호랑이 잡듯 나서고 나가서 쥐구멍 찾는다"고 한다. 약자 앞에 강하고, 강자 앞에 비굴한 못난이의 완장이다. 여기에 가풍이 무슨 소용인가? 악습도 가풍이라면 가풍이라 합시다! 군 이야기도 비슷하게 들었다. 악랄한 상급자로부터 고통을 겪은 이가 더 악명이 높다고 한다. 잘못된 힘의 속성이라고 본다.

내게 권력이 주어지면, 과거를 돌아보고 대화하며 노력을 한다. 그 좋은 말, 초심으로 돌아가자! 우리 이런 말, 자주 쓰지 않는가? 당한 만큼 갚겠다거나 몇 배 응징하겠다는 발상은 뒷골목 모리배의 답습이라 하겠다. 모순은 더 많이, 더 크게, 더 높게, 쌓인다.

가정의 일이나 정치사나 비슷한 부분이다. 지난날 며느리 노릇이 부실했기에, 향후 시어머니 역할에 관심과 부담이 큰 심사이다.

흡혈박쥐

동물의 피를 빨아먹고 사는 흡혈박쥐가 있다. 주로 남미에서 살아간다. 짐승뿐만 아니라 사람도 공격한다. 특히 흡혈박쥐가 야생마 넓적한 다리를 좋아하는지, 다른 짐승보다 꼭 야생마에 붙어서 악착같이 피를 빨아댄다고 한다. 야생마가 이리저리 뛰어다니고 몸부림쳐도 소용없다.

일단 목표가 된 것부터 비극이다. 박쥐가 날카로운 이빨을 박아 넣으면, 배부를 때까지 먹고 뻔뻔스럽게 날아간다. 야생마는 분기를 이기지 못해서, 미칠 듯이 달려대다 쓰러져 죽는다. 실은, 흡혈박쥐가 빨아 먹는 피의 양은 아주 미비해서, 야생마 생명을 위협할 정도가 아니라고 한다. 손해를 입은 정도에 비해서 희생이 큰 까닭은, 미칠 듯 화를 내는 본연의 성질 탓으로 이해된다.

사고보다 대책의 중요성을 가르치는 대목이다. 생에 막다른 길목에서 극복하지 못 하는 경우, 실제 상황보다 절망이 앞서기 때문이라고 한다. 피해를 당한 부분보다 실망과 분기조절이 문제다. 견디는 만큼 일어설 수 있다는 이야기이다.

흡혈박쥐 얘기를 읽다 보니 어릴 적 호되게 당한 거머리가 연상된다. 한번은 모내기하던 날, 논에 들어갔다가 거머리를 만났다. 종아리에 몇 마리가 붙어 내 피를 빨아 먹는데, 기절할 뻔하였다. 상처 부위가 가렵고 아파서 오래 고생했다. 우리 세상사도 그런 것 같다. 자력갱생 속에 기생물이 여러 곳에서 보이는 이치와 같다.

관

모가지가 길어서 슬픈 짐승이여/언제나 점잖은 편 말이 없구나/관(冠)이 향기로운 너는/무척 높은 족속이었나 보다//물속의 제 그림자를 들여다보고/잃었던 전설을 생각해 내고는/어찌할 수 없는 향수에/슬픈 모가지를 하고 먼 데 산을 바라본다. 노천명 〈사슴〉

시인의 생애는 그다지 존중하긴 어렵지만, 그의 시상에는 공감한다. 특히 자신의 품격을 '사슴'의 뿔처럼 높은 향기로 그려낸 건 실제 생애와 다르다. 하지만 닮지 않았다고 말조차 못 할 건 없어 보인다. 그가 지향하는 시점이며, 그의 동경으로 보기 때문이다.

유년기 자아는 누구보다도 맑고 귀했을 것이다. 잠시 오입에 대한 후회의 발산이다. 가지 못한 길에 대한 아쉬움이다. 차라리 이름 없는 여인이 되어 깊은 산골에서 조용히 살고 싶다는 부분에 동질성을 느낀다.

고단한 심신을 내려놓을 수 있는 곳! 산 좋고 물 맑은 곳, 앞뒤 풍경 아름다운 곳에 아담한 집을 짓겠다! 덩굴장미로 울타리를 치겠다. 그 마당에 하늘을 욕심껏 들이고 밤이면 별을 실컷 안아 보겠다. 완행열차도 그냥 지나갈 심심한 산골에 내 맘대로 살고 싶다.

이 심상을 마다할 재간이 없다. 여왕이 부럽지 않다. 백배 천배 공감한다. 인생이 무언가? 그냥 소담스럽게 살아가는 이면에서 인생의 보람을 느낀다. 소란한 세상사 고단한 일상을 정돈하고, 남은 생애 정갈한 고독을 품고 싶다. 오롯이 단정한 사유로 솔바람 같은 마음 길에 머물고 싶다.

비

비가 내린다. 한낮엔 조용조용 내리는가 싶더니, 지금은 천둥과 번개까지 동반한다. 어린 아기가 있다면 놀라겠다. 지난해, 한여름 밤, 강릉 바다에서 만난 비바람이 연상된다. 파도가 몰아치고 느닷없는 폭풍우 앞에 내 몸은 미물일 뿐이다.

숨이 턱 막힐 정도로 후려치는 강풍에 놀라서, 아무 곳이나 뛰어 들어갔다. 아늑한 커피숍이다. 늦은 시간이라 그런지, 일기가 그래선지 손님이 별로 없었다. 두 분쯤 계셨던가? 화들짝 놀란 내 모습에 비해, 평온한 모습들이 낯설었다. '유능한 선장은 파도에 놀라지 않는다.'라는 말이 떠올랐다. 그런 경험 덕분이었을까?

또 한번은, 호치민에서 만난 강풍이다. 연중 내내 열대기후인 호치민은 건기와 우기로 나뉘는데 마침 우기였다. 말 그대로 어마어마한 비바람이다. 아름드리 야자나무가 부러지고 간판이 날아다니고, 우리나라 같으면 뉴스특보 상황인데, 현지인들은 태연자약하다. 한국인의 체통이 이입됐는지, 나도 역시 아무 일도 아닌 것처럼 표정 관리를 했다. 하지만 속내는 무척이나 두려웠다.

경험주의자의 조언이란 말처럼, 경험이 스승이다. 요란스레 내리는 빗줄기를 바라보는 지금이 행복하다. 우산 속 다정함보다는 힘께 맞는 비를 떠올린다. 오늘 좀 고단했나 보다. 세차게 쏟아붓는 빗속을 내달리고 싶다는 생각이 드는 건 나이와 상관없을 듯하다.

선택과 운명

'순간의 선택이 십 년을 좌우한다.' 오래전 전자제품 광고문이다. TV나 냉장고 같은 가전제품을 사면서도 최소한 십 년을 좌우하니 깊이 헤아리란 말이다.

하물며 사람은 어떤가? "순간의 선택이 평생을 간다." "모든 운명은 선택의 결과이다." 세상에 좋은 말은 이미 다 쏟아져 나온 것 같다. 값진 명언이 이제야 귀에 들어오고, 왜 이제야 알아듣는지 모르겠다. 수없이 많은 선택의 기로에서 진정 고심 끝에 결정한 그 무엇이 무엇이었나? 분명, 주변의 기대와 내 바람에 미치지 못했지만, 이해한다.

돌아보니, 바탕도 지혜도 수고도 없이 교만으로 가득하다. 누가 그냥 주는 것은 없나, 주변을 둘러보며 늘 인덕이 없다고 탓했다. 내 주제보다 높은 것만 지향하니 늘 불만이었다.

분수 밖의 것만 바라보니 허구한 날, 목마름으로 속이 탄다. 그나마 다행이라면, 잠깐의 노력과 많은 인맥의 도움으로 여기까지 왔다고 본다. 한순간 선택에 있어서 진학과 직장문제가 행로 향방을 움직였을 것이다. 더욱 크나큰 맥락이라면 배우자 선택이 아닐까? 순간의 선택이 평생을 가고 있는 것이다.

'행복의 지수와 행복은 반비례한다.' 별 볼 일 없는 왕년의 기억을 끝끝내 붙잡고 있는 한, 행복은 없다. 그래, 이만하면 됐지. 누구와 연계된 귀속지위보다 나는 나! 겸허한 현실지수가, 평온을 불러 준다는 말을 진심으로 새겨 본다.

정명

누가, 나의 빛깔과 내 향기에 맞는 이름을 좀 불러 주시오, 그대에게 가서 나도 그대의 꽃이 되고 싶소이다, 김춘수 시인의 〈꽃〉에서 말한다.

처음에 시를 접했을 때는 연인 사이에서 다정하게, 서로의 이름을 불러 달라는 것으로 이해했다. 존재의 본질을 구현하고 싶은 심정이다. 진정한 관계를 형성하고 싶은 소망이 있다. 이렇게 해석하기까지, 꽤나 긴 시간이 걸렸다. 자기 인생에 있어서 꽃은 정점의 상징으로 본다. 뭔가 되고 싶은데 기왕이면 의미가 담긴 꽃을 피우고 싶다는 것이다.

성실한 존재로부터 단정한 평가를 받고 싶은 소망이었다. 진달래는 진달래라고, 장미는 장미로 불리듯이, 내 이름자도 알맞게 불리고 싶던 젊음이다. 나아가 넓고 더 깊이 있는 가치평가를 꿈꾸던 갈망이 있었다. 모두 꿈길로 지나간다.

"그 사람이 그 집안을 꽃피웠어!" "그때가 내 인생의 꽃이었지!" 인생에 꽃피던 시절이 분명 있었다. 온전히 활짝 꽃피웠던가! 끝끝내 아쉬운 대목이다. 아쉬움이 체념으로 녹아내리면서 깨닫게 되었다. 이름을 지켜내는 건 오직 자신뿐이라는 걸~!

이름을 불러 달라는 주변 눈빛을 본다. 좋은 명함도 좋지만, 듣고 싶은 이름만큼 제대로 살고 있는지 돌아봐야겠다. 지금 그 품격이 되는지. 우리 서로가 잘 살펴보자고 말하고 싶다.

벗

"좀 잘못한 일이 있더라도 벗은 벗이다" 누군가의 카톡 상태 메시지에 올라온 구절이다. 정보의 홍수 속에 여러 말이 분분하다. 대부분 스쳐 지나간다. 이렇듯이 반짝 눈에 들어오는 말도 있다. 마치 모래밭에 반짝이는 사금처럼 반짝 빛나는 내용이다.

칭기즈칸이 사냥할 때, 데리고 다니던 영특한 '매' 이야기이다. 사냥을 마치고 폭포 아래 쉬면서 물을 마시려는데, 물그릇을 '매'가 엎어버린다. 한 번, 두 번 화가 났다. 참다못해 매를 죽여 버린다.

나중에 알고 보니 물속에 맹독사가 있었다. 늘, 그렇듯이 후회는 돌이킬 수 없는 일, 그는 매의 죽음을 크게 슬퍼하고 매를 가지고 돌아와 금으로 동상을 만들고 한쪽 날개에 "분개하여 판단하면 반드시 패하리라." 또 한쪽 날개에는 "좀 잘못한 일이 있더라도 벗은 벗이다."라고 새겨 넣었다.

"분개하여 판단하면 반드시 패하리라!" "좀 잘못한 일이 있더라도 벗은 벗이다." 어디 벗뿐이겠는가! 누구나 실수가 있는 법이다. 그런데, 어느 날은 무심히 지나갈 일이 크게 작용하는 때가 있다. 지나고 보면 아무것도 아닌데, 어제 그랬다. 학동들 언행이 심히 거슬리고 불편했다. 상대방 이해하기, 마음 풀기, 내려놓기, 모두가 나를 위함이다.

붉은 부리 새

새의 부리는 서식하는 장소와 먹이에 따라 진화한다고 한다. 부리가 길고 짧고, 가늘고 두꺼운 것, 모두 생존을 위함이다. 그러면 색깔의 의미는 무엇인가? 부리의 색깔이 진하고 선명할수록 이성에게 인기가 많아, 더 붉고 진하게 만든다는 것이다.

잘 보이기 위한 수단이라! 이 또한 생존 전략이라 하겠다. 새의 면역체계에 중요한 역할을 하는 성분인 카로틴이 부리를 붉게 만드는데, 이게 너무 과하면 생명이 위험하다. 골고루 가야 할 성분이 부리에 집중하다 보면 몸의 면역체계가 약해지기 때문이다.

지나친 과시와 허영심으로 생명력을 낭비하는 붉은 부리 새 이야기에서 교훈을 얻는다. 남들에게 잘 보이려 무리수를 두는 우리네 모습과 별반 다를 게 없다는 생각이다. 뱁새와 황새의 보폭이 다르듯이, 개인차를 인정하지 않는 행보의 비유이다.

노력과 역량에 맞는 과시는 자긍일 수 있다. 그걸 말하는 게 아니다. 붉은 부리 새처럼 가시적 성과에 몰입하느라 너무 무리수를 두지 말자는 얘기다.

젊어서는 몰랐다. 세월이 이리 빠른 줄도 몰랐고, 내실이고 뭐고 계획 없이 살아온 셈이다. 하지만 젊음을 지나 노년의 길목에 들어서고 보니 지난 시간이 아쉽다. 아깝다. 무섭기도 하다. 생명력을 낭비할 여력이 없다. 붉은 입술보다는 튼튼한 내장이 절실하다. 생사 갈림길을 미리 대입해 보면 이깟 허세가 무엇이란 말입니까!

족보

허구한 날 조상 자랑만 일삼는 여우가 있다. 가족도 없는 다른 여우는 그 애기를 들을 때마다 부럽다. 듣다 보니 짜증난다. "그래, 너희 조상은 훌륭하고 대단한데, 너 때문에 명성을 잃고 끝날 것 같다, 뿌리 없는 우리 집안은 '나'로부터 새로운 족보가 시작될 거다."

족보도 없는 자, 뿌리 없는 집안, 근본도 없는 것들, 호로 자, 애비도 없나! 이 시절도 듣고 넘기기 어려운 용어들이다. 오죽하면 동화에서도 족보를 주제로 이야기가 나왔을까 생각하는 시간이다.

우리 시대에 있어 족보란 어떤 의미일까? 서양보다는 동양사상이, 동양 중에서도 중국과 함께 우리나라가 종주국이라 하겠다. 문벌귀족이 등장한 것처럼 가문이란 과거 응시부터 혼담까지 최우선 조건이다. 지금은 개인 역량을 우선시한다지만, 음서란 개념이 아직 남아 있다. 벼슬이 높은 집안만 골라 만든 《참영보》는 귀족적 성향이다. 모든 성씨를 간략히 만든 《만성대종보》, 《전주이씨 대종보》처럼 여러 종류가 있다. 족보는 사실상 신분증서로 가문의 영광을 지키며 자손의 번창을 기원하는 의미가 포함되어 있다.

우리는 조상의 빛난 얼을 지켜야 할 책무가 있다. 후손의 나갈 길에 튼실한 발판을 마련하자는 게 족보의 기본 정신이다. 가풍이란, '나'로부터 재창조되는 것이라 하지 않습니까! 입만 열면 왕년의 조상과 인척 자랑하는 자(者), 막상 본인은 누구십니까!

이해되었습니까?

종일 하는 말 중에서 가장 많이 사용하는 어절이 있다. 이해되었는가? 내가 한 말을 다 알아들었는지, 확인하는 질문이다. 문제를 제대로 파악하고, 합당한 답을 얻어 내는 과정이다. 본질을 알고 해석한 다음 설명을 하는 것이다.

같은 조건에서, 같은 문제를 놓고, 설명하는데, 이해도는 각각 다르다. 달라도 많이 다르다. 문제가 나오기도 전에 아는 이, 설명을 충분히 듣고 나서 이해하는 이, 여러 번 반복해야 아는 이, 수없이 반복해도 못 알아듣는 이, 아예 보고 듣지도 않는 부류 등이다. 이해하는 차이도 다양하지만, 학습 태도 역시 각양각색이다.

나는 학습 태도를 우선으로 본다. 태생부터 단정하여 초롱초롱 바름이 있고, 그럭저럭 정상이 있고, 지적하면 잠시라도 고쳐 앉는 자가 있고, 인간의 탈을 쓴 동물도 여럿 보인다.

학습 시대는 정답과 오답으로 갈리지만, 인생 시대는 이해와 오해를 나뉘는 것 같다. 잘못된 이해를 오해라고 한다. 사람과 사람 사이에서 완전한 이해란 가능한 걸까? 어렵다고 본다. 완전한 이해보다 오해를 줄이는 편이 현실적이다.

서로 간, 애쓰지 않아도 이해된다면 얼마나 좋을까요! 애써서라도 이해가 된다면 그나마 다행이다. 우린 주변인을 얼마나 이해할까요! 진정 이해한다면, 곁에 머물러야 하는 경우가 있고 물러나야 하는 경우도 있다. 무슨 말인지 이해하셨습니까!

불립문자

불립문자, 그대로 직역하면, 문자로는 세울 수 없다는 말이다. 진리는 말이나 글로 전할 수 없다는 뜻이라고 한다. 불교에서는 선(禪)에서 부처의 가르침을 말이나 글에 의하지 않고, 마음에서 마음으로 전하여 진리를 깨닫게 하는 의미라고 설명한다.

옛날에 석가모니께서 영산회상에서 꽃을 들어 대중에게 보여주었다. 다들 영문을 몰라 잠잠한데, 가섭만이 빙긋 미소 지었다. 꽃을 드니 미소 지었다는 '염화미소'와 대중에게 꽃을 들어 보인다는 '염화시중' 선의 탄생이다. 마음으로 마음을 전한다는 '이심전심(以心傳心)'이라는 말이 여기에서 유래되었다고 한다. 말이 필요 없는 이해심이다. 말이나 글로써 표현할 수 없는 교감이겠다.

고단한 일상에 젖다 보니, 이심전심은 고사에서 사전적 풀이로 묶여있다. 다시 생각하면 사랑이나 우정도 언어나 문자로 표현되는 것이 아닌, 마음에서 마음으로 전해지는 '불립문자'의 개념을 가지고 있다고 본다. 모두 진정성의 이야기로 본다.

나는 이제 간소하게 단정하게 살고 싶다. 오래된 장식장의 물건을 정리하듯이, 쓸모 있음과 쓸모없음을 구분해야겠다. 과할 것 없고, 모자람 없는 오롯이 나로 정립하는 게 지금 할 일이다. 이심전심이 아니라도 아는 이 있을 거라 생각된다.

여정

사람은 자기 자신을 찾은 여정이 아니라, 자기 자신을 만드는 과정이다. "버나드 쇼"의 말에서 자기 자신을 만드는 과정이라는 말에 초점을 맞춰 본다.

어제 일기에서 그랬다. 인생 목표도 중요하지만, 인생 태도가 목표를 좌지우지한다는 말을 했다. 하루하루의 태도가 자기를 만들어가는 과정이라 하겠다. 내가 만든 내 안에 행복이 진정한 행복이란 말이다. 선물을 받는 행복과, 선물을 주는 행복의 차이로 보겠다. 배려의 기쁨도 그렇다. 허구한 날 배려가 필요한 인생이 인생이겠는가!

나는 자유인이고 싶다. 주어진 책임과 의무를 저버리는 게 아니다. 역량껏 최선을 다하되, 가급적 매이지 않고 싶다. 역할을 다하지 못한 자유인은 자칫 방종으로 보일 수 있다. 책임을 당연지사로 받아들이고 수행하는 게 자유의지라 본다.

'자유가, 스스로에게 진실하면 모든 것은 자유 속에 들어있다.' 매이지 않되 지킬 것을 지킬 줄 알며, 몸과 맘에 흐트러짐이 없어야 자유인이라 한다. 진정한 자유인이려면 자기제어가 되어야 하겠다. 그러자니 절제에 따르는 고통이 동반한다.

무심히 빌린 배려를 갚지 못하면 훗날, 마음의 빚으로 남게 된다. 기왕이면 빚지지 말고, 피치 못 할 사연으로 받은 게 있다면, 반드시 갚아야 하겠다. 두 배, 세 배 갚아야 한다. 미안함도 빚이다. 세상에는 공짜가 없다는 말, 진실이다.

인생 태도

'완벽한 것은 없다.' 수십 년 학생들을 만나면서 느낀 소회가 그렇다. 지혜롭고 영민하면 인물이 조금 섭섭하고, 인물이 된다 싶으면 성정이 까칠하다. 지성과 인품이 완전한 상품과 이도 저도 아닌 하품도 더러 있지만, 다수가 아쉬움이 있다. 한쪽이 풍성하면 한쪽이 빈약하단 말이다. 이를 전체적인 모습으로 보면 인생의 균형이라는 거죠.

그렇다면, 넘친다거나 모자란다는 판단은 어디에서 오는 걸까? 모두가 알다시피 비교이다. 비교가 오만도 불러내고, 근심도 만들어낸다. 게다가 자기 능력을 벗어나는 헛된 욕심과 망상이, 스트레스를 가중시킨다는 대목에서 내 모습을 대입해 본다.

사실, 날마다 스트레스를 받는다. 말귀 못 알아듣는 자, 자세 불성실한 자, 맘 자리 힘든 자, 안쓰럽기 짝이 없는 자, 교육, 정치, 경제, 집안 이야기!

아아, 청산은 나를 보고 말없이 살아가는 게 어떠냐고 한다. 창공은 나를 보고 티 없이 살라 하고, 사랑도 벗어놓고 미움도 벗어놓고 물같이 바람같이 살다가 가란다. 가자 가자! 자연으로 돌아가자 산 좋고 물 맑은 고향보다 더 좋은 곳 있나요?

크고 높은 인생의 목표보다, 바람직하게 살아가는 인생 태도가 훨씬 더 값지다는 생각이 든다. 오래 사는 것보다 마음 편하게 사는 쪽으로 기울어지는 요즘이다. 자연인이 좋아 보인다. 사방이 온통 자연스러운 자연 속에서 자연스럽게 살고 싶다.

마음을 잃어버린다는 것

사람이 조급하고 바쁘게 종종거리는 까닭을, 가만 살펴보면 대체로 이익을 얻기 위해서라는 게 선현의 말이다. 이것을 다시 말하면 욕망이다. 목표는 높고, 경쟁자는 많고 역량은 부족하고 빨리 도달하긴 해야겠다는 욕망이 자리 잡은 결과이다.

어쩌다 휴가라도 얻으면 휴식을 위해 떠나가느라 고생한다. 며칠 홀로 있는 시간을 갈구하면서도, 막상 빈 시간이 길어지면 불안해한다는 말이 내 맘인 양 가슴에 확 닿는다. 늘 바쁘게 살아가면서, 외로운 가슴, 현대인의 병이다.

망(忘)을 살펴보면 마음(心)을 잊어버린다(亡)는 것으로 구성되었다. 일상에 취해 있다 보니 자기 마음을 잊어버린다는 말이 이해되지 않았다. 망하다, 잊는다, 죽는다 등 너무 바쁘게 살다 보면 자기를 잊고 자기를 잃게 되고, 결국 죽는다는 성현의 가르침이 놀랍다. '고요히 앉아본 뒤에야 평소 기운이 경박했다는 걸 깨달았다.

빈 시간에 무엇을 하는가! 선인들은 주로 독서와 사색을 즐기고 시를 짓거나, 거문고를 타거나 벗을 만나서 담소를 즐겼다고 한다. 홀로 시간을 보내는 방법을 보면, 그 사람을 알 수 있다고 말한다. 마음을 몸 밖에 버려두고, 일을 한다는 건 참으로 괴로운 일이다. 마음에 없는 사람과 대면하는 일은, 더욱더 괴로운 일이다.

인생의 종점은 아무리 늦게 가도, 일찍 도착하는 느낌이라는데 피할 수 없는 길, 솔직하고 여유로운 마음 길을 걷고자 한다.

인내심

1960년대 미국의 심리학자 월터 미셜이 4세 아동을 대상으로 '마시멜로' 실험을 한다. 바로 먹어도 되지만, 20분을 참고 견딘다면 하나를 더 주겠다고 약속했는데, 즉시 먹는 아이, 조금 기다리다 먹는 아이, 끝까지 참고 기다리는 아이로 나뉘었다.

연구팀은, 청소년이 된 아이들을 찾아 생활 패턴을 확인하고, 다시 수년이 지나 성인이 된 삶을 추적 확인한 결과, 다양한 결과를 발견했다. 충동과 유혹을 이겨낸 쪽이 훨씬 성공적인 생활을 하고 있었다는 것이다. 절제와 자기규율의 결과이다.

'참을 인 세 번이면 살인도 면한다.' 살다 보니 이론적 이해에서 수모를 참는다는 게 무엇인지 체험으로 깨닫는다. 굳이 이런 실험이 아니라도 자주 본다. 일정 분야에 두각을 드러내는 사람은 남다른 인내심과 자신을 통제하는 능력이 뛰어나다. 불가의 자경문, 율곡 선생의 자경문을 보면, 내용은 다르지만, 자기규율이라는 질서 정립은 같아 보인다.

당장의 욕구충족보다 미래를 위한 인내, 자기 절제와 통제가 얼마나 힘든 일인지 성서에서는 극기하는 자를, 성을 빼앗는 장수보다 낫다고 한다.

참는다, 무조건이 아니라 조건적이다. 주변에 바람이 없다는 건 독선일 수 있으나, 자긍이기도 하다. 뻔히 내다보이는 무질서를 뒤로 두고 고적한 공간에서 맑고 정한 소박한 그림을 그리고 싶다. 아무래도 나의 노후는 자화자찬이 될 것 같다.

자기기만

아는 학부모의 이혼 소식을 접했다. 요즘 세상에 이혼이 놀라울 일은 아니련만, 놀랐다. 예상치 못한 상황이라서 그런 것 같다. 아담 온순하며 예의 바른 사람인데, 평소 저런 며느리 좀 봤으면 좋겠다고 남몰래 바랐던 이의 눈물이라 아프다.

소설 한 토막이 생각난다. 제2차 세계대전이 배경이다. 완벽한 부부가 주인공이다. 수년 동안 결혼생활을 하면서 주변의 부러움을 살 정도로 다정하고 행복 그 자체이다. 어느 날 남편이 징집되어 전장에 나가고 다들 걱정스러운 모습이다. 얼마 지나지 않아서 남편의 비보가 날아들고, 친척과 이웃들은 망연자실하다. 누구보다 아내가 걱정이다. 아니나 다를까 여주인공이 비명을 지르며 침대에 쓰러져서 흐느끼는데 반전이 일어난다. "세상에나! 드디어 나도 이제 자유롭게 살 수 있어!"

소설이 현실을 대변하듯, 타인의 사연이 곧 우리들의 이야기가 되어 간다. 의외로 많은 사람이 현실의 굴레에 얽매어 자신을 속이고 살아간다는 말이다. 겉모습이 자신만만해도 매우 쉽게 상처받고 정신적 긴장으로 묶여 사는 경우가 있다. 자기기만이라고 한다. 여태까지 살아왔는데, 인제 와서 깨뜨릴 필요가 있는가! 애써

일궈온 그간의 터전이 아까워서 지키려는 삶도 많다고 본다. 안 그래도 이혼 공화국에, 결손가정이니, 재혼 가정이니, 한 부모 가정이란 말이 분분한데, 멀쩡한 가정해체 소식이 전해진다.

중용의 도

천 년을 한 줄 구슬에 꿰어/오시는 길을 한 줄 구슬에 이어 드리겠습니다//하루가 천 년인 양 기다리는데 왜 이리 안 오시는지요. (후략)

친일 친미 여성 모윤숙을 조명하며, 〈기다림〉이라는 시 한 편 읽어본다. 사랑이 전문 절절하다. 〈렌의 애가(哀歌)〉는 더 기가 막히다.

아무도 아는 이 없는 아프리카, 그 숲속에서 홀로 우는 작은 새 렌의 심정으로 사랑을 부른다. 사랑해선 안 될 사람을 사랑한다. 가까이 다가갈 수 없는 멋진 남 시몬 님! 밤낮없이 날마다 불러대는 렌의 애가는 청춘 연애편지의 성서에 준했다. 그리움의 최고조요, 이룰 수 없는 사랑의 갈망생애 일부 아니 전부가 아니었나 생각한다. 학문적 깊이도 만만치 않은 데다 언어의 연금술을 지닌 신여성의 행보이다.

닿으면 아무라도 섭렵할법한데, 시몬이 누구인지! 난도가 있었던 모양이다. 멀쩡한 외간 남자일 수 있고, 변절자가 바라본, 슬픈 조국일 수 있고, 세간에 알려진 이름들이다. 혹, 이광수라든지 미국의 레논이라든가 낭낭 구락부에서 노닐던 자인지 모르겠다(반도 남아들의 피와 살을 일제를 위해 아낌없이 바치자던 자들이다).

그런데 반전이다. 국군은 죽어서 말한다고 한다. 가슴을 후벼 파는 감수성 달인, 대한민국 건국의 어머니, 훈장을 받은 모 여사가 아닌가!

괴이한 영혼의 춤사위와 중용의 도를 비교해 본다. 어느 쪽이든 과할 것 없이, 떳떳한 상태를 유지하기가 그리 힘들었습니까!

국화는

무궁화는 아욱과. 낙엽관목. 다품종으로 꽃의 색상이 다양하다. 동방을 대표하는 이상적인 명화로도 유명하다. 무궁이냐, 무관이냐, 끝없다, 다함이 없다는 의미, 무궁화로 당첨되기까지 명칭을 두고, 고려 시대부터 논란이 있었다고 한다.

한 가지에서 먼저 피는 꽃이 있고, 그 꽃이 질 무렵 다음 꽃이 이어서 피기에 다함 없는 꽃이라, 무궁하다는 의미로 이런 이름이 붙었다. 영고 무상한 인생의 원리를 보여주는 꽃, 여름에서 시작하여 가을까지 연속적인 개화로 우리나라를 상징하는 국화이다.

언제부터 우리나라 꽃으로 정해졌는가? 찾아보니 명확하지 않다. 고문에 엽화초, 무궁화(槿), 근화(槿花)라고 언급되어 있다. 중국에서 고려를 근화향(槿花鄕)이라 지칭했다는 사료로 볼 때 우리의 무궁화는 삼천리 곳곳에 많이 피었던 것으로 유추된다.

한 나라의 국화가 특정되지 않고 국민 다수에 의해 자연스럽게 정해지는 경우는 드물 것이다. 무궁화! 애국의 상징 무궁화 꽃은 역사 이래 우리 한국의 얼이요, 생사고락을 함께한, 지조의 명칭이다.

현충일, 애국민의 가슴에 무궁화 꽃이 피었다. 무궁화 꽃이 피었습니다. 어릴 적 술래잡기 놀이에서 많이도 불러 보았다. 김진명의 소설에서는 무궁화 꽃이 피다 말고 그냥 졌었다. 픽션 논픽션에서 무궁화 꽃은 피고 지고, 거듭한다. 나도 한때는 어깨에 모자에 무궁화를 가득 달고 싶었다.

극과 극

지극함, 극진하다. 어떤 정도가 더할 수 없을 만큼 막다른 지경! 도달할 수 있는 최고의 경지, 극단의 화법을 자주 본다. 전엔 주로 문학에서 접했는데, 요즘은 일상에서 자주 보고 듣는다. 그러다 보니, 강도 높은 표현이 일상어가 되어가는 느낌이다.

극명. 극렬. 극한. 극우. 극좌. 극과 극은 통한다는 말이 있다. 본질이 통하는 게 아니라, 화법이 통하는 것이다. 극단 화법에는 일상이 죽음으로 통합한다. 좋아서 죽고 미워서 죽고 더워 죽고, 추워 죽고 아파 죽고, 배불러 죽고 배고파 죽겠고 등등 많다. 서러워 죽겠다, 기막혀 죽겠다, 하지만, 결코 죽지 않는다.

일제강점기와 6 · 25 동란 한복판에 민초들의 삶은 정말 그러했다. 맞아 죽고, 굶어 죽고 그 분노의 심정에서 발로된 반어가, 일상어로 변환되어, 무의식에 뿌리를 내리진 않았는지!

절대로 '절대로'란 말을 쓰지 마라! 사람의 앞날이란 게 장차 어찌 될지 모르는 일! 절대로 아니 하겠다는 말인데 나중에 또 하게 되면 번복해야 하지 않습니까! 번복과 반복은 다르다. 반복은 복습의 의미고, 번복은 변덕 변절의 의미로 이해가 된다. 두고 보자는 말이 먼저 나간 이의 두고 보자는, 그 다 볼 일이 없다고 한다. 말이나 글이나 그 사람을 드러낸다고 한다. 문학에도 지극한 화려체는 감동이 줄어든다. 짙은 화장보다 내추럴 미(美)가 신선하듯이, 극한 언어 역시 양식이 적어 보인다.

진짜입니까

셋째 오라버니가 가방 하나를 건네준다. '루이비통'이다. 생일도 아닌데 뜬금없는 선물이라 어리둥절하다. 생일이라 해도 그렇지, 그동안 이렇게 챙기며 지낸 경우가 없는데, 주니까 받았지만 이게 무슨 일일까? 가격이 만만치 않을 텐데, 참 별일이다. 평생 3~4만 원짜리 거무죽죽한 서류 가방에 익숙한 사람으로서 적응이 안 된다.

어제 면세품 할인 행사가 순식간에 끝났다는 뉴스를 듣고, 아, 이래서 짝퉁이 등장하나 보다 하는 생각이 든다.

소위, 고급 브랜드를 모방하여 만든 가짜 상품을 짝퉁이라 한다. 짝퉁이라, 진짜로 하고 싶은 말은 짝퉁의 탄생이다. 진짜 같은 가짜의 출현을 말하는 것이다. 유사하다. 똑 닮았다. 진짜인 줄 알았다. 비슷하다. 흡사하다. 데칼코마니, 코스프레, 복제품, 도플갱어, 사이비, 거의 같다는 모조품을 의미하겠다.

시장경제는 수요와 공급의 원칙에 따라 움직인다. 현실적으로 운용이 되니까, 짝퉁이 진짜처럼 돌아다니는 것 아니겠나.

이런 게 어디 루이비통만의 일이겠는가. 물건도 그렇지만, 사람은 또 어떻습니까! 사람을 안다면 내가 정말 아는 것일까요! 갈수록 가짜가 판을 치는 세상, 당장 알아보기 어렵지만, 자신은 알 것이다. 내 생각은 그렇다. 현실에 맞는지, 정, 의가 일치한다면, 언행일치의 모습도 그대가 진짜든지 가짜든지 상관없다.

흑백논쟁

"너는 어째서 외모가 검고 칙칙한가? 그걸 아는가? 모르는가? 왜 씻지 않는가? 나는 장강(長江) 한수(漢水)로 씻은 듯, 가을 햇볕에 쬔 것처럼 맑고 깨끗하지 않는가! 가까이 오지 말라. 내 몸 더럽힐까 두렵다."

백(白)이 이렇게 말하자, 흑(黑)이 껄껄 웃으며 이야기한다.

"우리 여기서 이러지 말고 세상 사람들에게 물어봅시다. 봐요, 사람이 늙어가면서 머리가 하얗게 될 때, 흰머리를 뽑지, 검은 머리를 뽑나요? 흰머리를 뽑다, 뽑다가 너무 많아지면 그대로 두지만, 그게 어디 좋아서 그냥 두는 겁니까? 포기하는 겁니다."

흥미진진하다. 세상살이란 게 속세와 뒤섞여 조화를 이루는 것이다. 너무 고결하고 너무 밝게 처신하다 보면 밖에 나오지 못하게 된다. 백이 숙제는 수양산에서 굶어 죽었죠! 고결한 굴원(屈原)은 멱라수 강물에 빠져 죽었죠! 그 후, 자기 식솔들은 어떻게 살았습니까! 조맹(趙孟)과 이씨(季氏)는 높은 지위에 일생 사치스럽게 살면서 하고 싶은 것을 마음대로 누리다 갔어요. 누구의 삶이 성공이고 누구 삶이 실패라 하겠습니까!

깨끗한 것 자랑하는 백씨, 당신 친척들 역시 한결같이 초췌하니 … 사는 꼴이 그게 무어요? 부끄럽지도 않소? 인생은 덧없는 것, 세월은 순식간에 지납니다. 세상 사람들 좀 보라. 재화와 진귀한 보배, 높은 벼슬이며 막대한 부와 명예, 이런 것들을 사양하지 않는다. 재상 황각(黃閣)에 올라 보라. 간담을 쪼개어 속을 열어보아도, 모두가 나와 같이 거무죽죽하다.

기막힌 백, 말문이 막힌다. 망연자실하여 한참 동안 묵묵히 있다가 한마디 한다. "오늘날이 진정 너희들 시대인데 내가 무슨 말을 한들 말귀가 통하겠는가!"

홍우원(洪宇遠, 1605년~1687) 선생의 《남파집》에 나오는 〈백흑난(白黑難)〉을 요약해보았다.

제4부

온전한 기행

다문화 세상

영국 찰스 황태자비 다이애나는 프랑스 파리에서 죽었다. 독일제 벤츠를 타고 있었는데, 벨기에 사람이 운전했다고 한다. 동승한 남자 친구는 이집트인이고 자동차사고의 원인이 된 파파라치는 일제 혼다 오토바이를 탄 이탈리아 사람이었다. 다이애나비를 수술한 의사는 미국인이고, 사용된 마취제는 남미산이며, 사후 세계 곳곳에 배달된 꽃은 대부분 네덜란드산, 기사를 쓴 사람은 캐나다인이고, 기사를 다운받은 것은 한국산 모니터라니, 이만하면 글로벌리즘 최대치 예화가 아닐까 싶다.

가끔, 동대문을 간다. 주로 야간에 시장 구경을 한다. 인(仁)을 지키는 흥인지문은 보물 1호로 우리 백의민족을 대표하는 중심 문화재가 아닙니까! 그 흥인지문 앞에서 다민족을 본다. 중국, 일본, 인도, 동남아인들의 상품거래 모습이 능숙하다. 코로나 발생 이후 거래가 거의 없다시피 하다는데 이 역시 염려스러운 상황이다.

시장거래뿐만 아니라 제반 관광산업과 기술 교류 산업현장을 돌아보면 다문화 시대가 분명하다. 한 민족, 백의민족은 과거형이다. 문제는 이제 문화갈등 아닐까? 우리 것만 좋아하는 자문화 중심도 문제고, 문화 사대주의도 못난 꼴이다. 무조건 따르라는 용

광로론보다, 섞여서 조화를 이루는 샐러드론이 좋다. 우리네 가정사도 각자 주장이 갈수록 만만치 않다. 인정과 양보의 샐러드론이 최고이다.

가난한 독장수

가난한 독장수가 독을 팔기 위해, 장독을 지게에 싣고 집을 나선다. 산길로 접어드니 힘이 들고, 더위에다 갈증에다 그늘 아래 잠시, 쉬어가려고 지게를 내려놓는다. 그러다가 깜빡 잠이 든다.

꿈속에서 독장수는 장사를 시작한다. 독 하나를 팔면 두 개를 살 수 있고, 두 개를 팔면 네 개를 사고. 그렇게 하다 보면 천만금도 가능하겠다, 논밭 사고 고래등 같은 기와집을 지어서 종복을 수없이 부려야지. 아내는 그냥 두고 예쁜 첩 하나를 또 둘 거야. 한 집에 두면 둘이 싸울 터인데. 그러면 어쩌지?

일설에는, 독을 팔아서 계란부터 사고, 계란이 병아리 되고, 닭이 되고, 돼지가 되고, 암소와 소 떼가 되고, 기와집과 논밭이 되고, 넓은 대청에 앉아서 종놈을 부르는데, 여봐라! 우렁차게 호령하며 삿대질을 한다는 게, 작대기를 쳐버린다.

와~장~창창! 찬란한 꿈속에서 깨어나는 순간, 현실은 냉혹하다. 실천하기 전, 결과부터 계산하는 이들에게 전하는 메시지이다.

허황한 계산은 손해만 가져온다는 독장수 이야기를 가끔 예화로 사용하곤 한다. 누가 봐도 합리적 계산이요, 주도면밀한 실행임에도 무너지는 소리가 들리는 시절이다. 불완전 경쟁의 시대, 외부효과를 가늠할 수 없다. 성공하고 싶은 마음은 바닷가 모래알 같고, 성공한 이는 손톱 위 모래알 숫자와 같다는 말을 새긴다.

바다가 보이는 찻집

"취미가 여행입니다. 여행을 좋아합니다." 이렇게 말하는 이가 곱지 않게 보이던 시절이 있었다. 다들 먹고 살기 위해 일에 치여 바쁘고, 이래저래 형편이 안 되니까, 못 가는 거지, 그게 말이라고 하는가! 여행길이 싫어서 안 가겠다는 이 어디 있겠는가! 그랬던 사람인데, 지금 여행을 말하고 있다. 진짜 여행을 다니고 싶어서이다. 어디라고 꼭 집어 말할 수 없으나 일단 생각이라도 해보는 것이다.

시간에 매여 살지만, 언제 어디일지 모를 여행을 꿈꾸며, 이름난 곳을 찾아보고 순서를 정해본다. 잘 사는 게 뭔가! 내 어릴 때만 해도 잘 먹는 것이 최고라고 생각했다. 자식 교육에 평생을 바친 부모님 덕으로, 좋은 집, 비싼 차에 눈길이 가더니 이제는, 문화생활이 어쩌니 그러고 있다. 글로벌이라는 시류가 이렇게 안내하는 모양이다.

내가 못 한 일, 내가 못 가본 길을, 앞서간 동기들을 만날 때마다 생각이 여럿이다. 하나는, 동경과 존경이다. 객관적 평가로 내가 뒤처진 경우이다. 다른 하나는 생략한다. 아무튼, 같은 이야기도, 전해주는 이의 품격에 따라 흡수력이 다르다. 해운대 달맞이 고개 찻집을 다녀온 친구가 한번 다녀오라고 말했다. 벽면이 통유리로 되어있어 바다를 한눈에 품을 수 있단다. 정신노동엔 해풍이 특효약이라며 다녀오라는데, 안 그래도 파도를 바라보며 차 한잔 하고 싶었다. 바다가 보이는 찻집의 풍경은 얼마나 아름다울까?

명령

'말 타면 종을 부리고 싶다'는 말이 있다. 이전에 없던 힘이 생기면, 그 힘을 발산하기 위해 여러 행태가 나온다. 자기 명령에 빠르게 복종하는 모양새에서 쾌감을 얻기도 한다. 우리도 이전 공사 명령을 받아 본 적도 있고, 알게 모르게 명령을 내린 적도 있다. 명령에도 여러 사안이 있겠지만, 대부분 지시 명령이다. 뭘 해라! 빨리 해라! 언제까지 해라! 하지 마라! 당장 멈추라! 말이 떨어지기 무섭게 동작이 이어져야 명령권자는 기분이 좋다. 분위기가 살벌해야 지시의 영이 섰다고 생각하는 거다.

전시군부에는 백번 지당한 말이지만, 공권력에서 명령은 행정명령 즉, 지시가 대부분이다. 상명하달 무조건이 조건이던 시절도 있었다. 경험자가 이 시절을 바라보자니 부러움도 있고, 답답하고, 이전보다 더 속 터지는 면도 있고 그렇다.

기소불욕 물시어인, 내가 하기 싫은 일은 남에게도 시키지 마라. 공자님 말이다. 명언은 시대를 관통한다고, 예나 지금이나 마땅한 말씀이다. 자기가 할 일은 스스로 해야 한다. 안 좋은 일을 남에게 시키는 것 못된 자이다.

"그대가 하고자 꾀하고 있는 것이 동시에 누구에게나 통용될 수 있도록 행하라!" 칸트가 한 말인데 이런 걸 정언명령(定言命令)이라고 한다. 목적 결과와 상관없이 그 자체가 선이기 때문에 무조건 지켜야 할 도덕적 명령이다.

그런데 세상에는 전언명령이 더 많은 것 같다. 목적달성을 위한 수단으로 조건명령이다. 사탕이나 뭐 먹을 것 좀 주면서 시키기도 하고, 말 안 들으면 묶어 놓고, 때리기도 하고, 모함해서 억울해 죽게도 만들고, 적만 달성하면 되는 명령을 받들어야 한다.

명당

퇴직 전 전원주택을 짓고 싶어 집터 자릴 찾아다닌 적이 있다. 다니다 보니 풍수지리에 대해서 아는 게 없어도, 어디가 좋은 터인지 조금 알 것 같았다. 문제는 괜찮다 싶으면 값이 너무 비싸고, 가격이 괜찮다 싶으면 터가 맘에 들지 않는 것이다. 결국, 일반주택을 구해서 알뜰하게 바라보고 있지만, 물 좋고 산 좋고 정자 좋은 곳이 드물다는 의미를 깨닫게 되었다. 사실, 풍수학의 결론은 명당이 아니겠는가. 어느 공간에 누가 살고 있느냐~! 누가 어느 공간에 사느냐~! 중요한 사항이다.

산불좌고라 했던가! 산이 높다고 명산이 아니다, 신선이 살고 있어야 명산이지. 물이 깊다고 전부가 아니라, 용이 살아야 신령한 곳이란 말이 있다. 이는, 장소도 장소지만 거주하는 인물에 초점을 두고 있는 말이다. 인물이 공간에 빛을 만들어낸다.

하지만, 우리네 범인들이야 어디 그렇겠는가. 산에 가면 산이 좋고, 바다를 바라보면 바다가 좋고, 풍경이 좋거나 생활권역이 편리하거나, 학군이 좋거나 새집이거나, 넓은 집이거나 아니면 개발풍 불어와 집값 땅값이 오르길 바라는, 환경지향주의에 빠져 있다.

나만의 명당을 정리한다. 알맞은 풍경, 적당한 공간을 배경으로 두고, 일단 마음이 평안해야 하겠다. 아침을 개운한 가짐으로 시작할 수 있는 곳이라 하겠다. 먹고 입고 자는데 불협화음 없는, 소통에 여유가 있는 곳을 명당으로 보겠다.

죽부인전

죽부인의 계절로 접어든다. 대로 엮은 통발 모양의 것으로 안고 있으면 바람이 잘 통하여 시원하다. 남자들이 부인처럼 안고 잔다 하여 '죽부인'이라 부른다. 아버지가 쓰던 죽부인을 행여라도 아들이 안고 자면, 예의가 아니라는 여담도 있다.

오늘은, 그 죽부인이 아니라, 대나무와 같은 절개를 주제로 사대부 여인의 품행을 강조한 가정 이곡 선생의 이야기이다. 〈보마설〉과 함께 인륜을 강조한 내용으로, 훗날 가전체 문학의 효시로 본다. 주인공 성은 죽(竹), 이름은 빙(憑)이라 한다.

죽씨 집안은 조상 대대로 문무 재주가 훌륭한 집안이다. 그런 집안에서 태어나 높은 가정교육을 받고 자랐을 테니, 죽부인이 얼마나 반듯하고 꼿꼿할까. 한번은 이웃집 선남의 엉큼한 언동을 단칼에 풀을 베듯 내쳤다는 일화이다.

성장해서 혼기에 이르자 송대부 댁 자제분과 결혼한다. 선남선녀의 만남이다. 가풍도 비슷하고, 신랑 역시 귀공자인데 좀 아쉽다면 나이 차가 열여덟이라는 것이다. 아무튼 이 두 사람이 원앙인데 아 신랑이 늦게 선을 배우다가 그만 돌부처가 된다. 우리 죽부인, 남편을 잃었지만 동요 없이 높은 학식과 절개를 지키며 생을 마친다. 나라에서는 죽부인의 곧은 성정을 높이 평가해 크게 포상한다.

이상적인 여성상으로 열녀의 표본을 내세운 내용이다. 〈열녀전〉의 원형이라고 봐도 좋을 듯하다. 이곡 선생이 살던 당시의 고려는 남녀관계가 이 시절만큼이나 자유분방했다. 학자 입장에서 퇴폐적인 세상에 경종을 울리려 〈죽부인〉을 내놓은 것이다.

보마설

말(馬) 이야기를 해보려고 이미지를 검색하는데, 참 다양하다. 한눈에 봐도 명마 준마가 여럿이다. 튼실하고 준수한 말들이 거칠게 내달리는 모양에서 질주 본능이 일렁인다. 말 하면 관운장을 비롯, 삼국지 장군들의 말달리는 모습부터 떠오른다. 자기 사전엔 불가능이 없다고 호언했지만, 불가능을 확실히 보여준 나폴레옹도 생각나고, 경주마도 생각나고, 그렇다. 아무튼 말은 엎어진 것보다 달릴 때 멋지다.

오늘은, 은전 한 닢을 간직하려고 그리 애쓰는 거지에 반하는

〈보마설〉이다. 이색의 부친이신 이곡 선생의 〈차마설〉이 고등문학에 나온다. 여간 반가운 게 아니다. 직계 선조라 그렇다. 벼슬에 비해 가세가 힘든 걸 보면 청빈이 보인다. 평소에 말을 빌려 타는데, 조금 비루한 말을 빌리면 마음이 편하셨다고 한다. 볼품없는 말은 비록 모시고 다닐지라도 걱정이 좀 덜한데, 준마를 빌리면 의기양양 장쾌하긴 하나, 위태롭고 어쩨 불안하단 말이다.

남의 것은 작든 크든 반드시 다시 돌려줘야 하는 게 이치라, 조금 작게 적게 빌려 쓰고 돌려주는 게 편하더라는 뜻이다. 만방(萬邦)의 임금도 백성에 권력을 돌려줘야 하고, 백승(百乘)집을 가진 신하도 물러나 돌아가면 외롭긴 마찬가지라, 처음부터 네 것은 없었다, 큰 재물 속엔 서민의 피땀이 서려 있는 법, 그간에 받은 배려와 신세를 살펴서 죽기 전, 갚는 게 도리라 가르친다.

은전 한 닢

늙은 거지가 동전 한 닢 한 닢을 모아서 각 전으로 바꾼다. 각 전 한 닢 한 닢을 모아서 은전 한 닢으로 바꾼다. 드디어 만들어진 은전 한 닢을 품에 넣고 너무나 기뻐한다. 그렇게 애를 써서 그 돈을 만들어, 도대체 어디에 쓰려고 하느냐고 물으니 거지가 말한다.
"나는 그저 이 은전 한 개가 갖고 싶었습니다."

계획이나, 목적 없이 그냥 간직하고 싶다는 이 이야기는, 피천득 선생이 상해에서 교학할 때 실화이다. 거지나 우리 소망이나 정도의 차이가 있을 뿐, 별다를 게 없다는 메시지로 이해가 된다.

절대다수가 소망하는 부자의 유형을 보겠다. 배고픈 부자, 물질은 부자인데 마음은 부자가 아닌 부자들, 철없는 부자, 부모의 부를 이어서 주변에 행세하는 금수저형, 품격 부자, 전문성으로 세상사 현명하게 살고 싶어 하는 부자이다. 보헤미안 부자는 품격 부자의 모습으로 삶의 고민이 그리 많은 부류다. 나쁜 부자는 불법의 악순환으로 이루어진 졸부로 복잡하고 지저분한 가족관계가 나타난다. 그들만의 과소비와 개인적 탐욕 이미지가 중첩된 부자들이 대부분이다. 존경받는 부자는 돈을 모으는 부자가 아니라 돈을 잘 쓸 줄 아는 부자이다. 절제와 여유로 상징되는 존경받는 분들이다. 이런 부자 요즘 보기 드물다.

아무튼 은전 한 닢은, 돈이 목적이 되어버린 우리에게, 인생 공수래공수거를 가르치고 있다고 본다.

감자꽃

"자주꽃 핀 건~ 자주 감자/파보나 마나~ 자주 감자!//하얀 꽃 핀 건~ 하얀 감자/파보나 마나~ 하얀 감자!"

초등학교 다닐 때, 배운 시이다. 시의 제목은 감자 꽃이다. 꽃 색깔만 보면 어떤 감자가 나올 것인지, 굳이 파보지 않아도 알 수 있다는 이유다.

감자꽃은, 웬만한 사람은 다 알고 있는 정겨운 고향 언어이다. 그런데도 지은이 권태응(1918~1951) 작가는 웬만해선 알지 못하는 편이다. 탄금대가 고향이고, 그 시절에 경기고와 와세다대학을 다녔다는데, 향년이 너무 짧아서 안타깝다. 반일 민족사상가로 일제 스가모 형무소에서 병을 얻은 게 원인으로 사망했다는 기록이다.

요즘은 자주색 감자를 흔히 볼 수 없지만, 예전엔 자주색 감자를 흔하게 보았다. 식량이 어려운 시절 구황 식물로 큰 역할을 한 감자. 문득 감자전이 먹고 싶어진다.

사실 〈감자꽃〉 시는 우리 민족의 동질성이나 운명을 은유한 것이라 풀이되지만, 애들이 엄마랑 감자 캐며 웃는 모습이 연상된다.

지난달, 강원 일원에 감자 판로에 어려움이 있어, 자치단체의 홍보로 완판되었다. 흐뭇한 소식이 계속 늘어나길 바란다. 아주 깨끗하고 곧은 사람이었다. 권태응 시인을 기억하는 이들의 한결같은 평가이다. 자연과 어린이의 심성을 그려낸 감자꽃에서 나는 모전여전 부전자전을 본다. 꽃 색만 봐도 파보나 마나 안 봐도 알아볼 수 있는 종의 기원, 종의 원리로 보인다.

실천의 다리

'구슬이 서 말이라도 꿰어야 보배다' 지행일치며 언행일치, 모두 배움이 현실에 적용되지 않고는 아무것도 아니라는 뜻이리라. 실학자들이 실학을 강력하게 주장했으나, 명분과 이론이 앞선 힘센 기득권이 꿈쩍도 안 하니, 결국 무위로 끝나지 않았던가!

'실천의 다리' 이해를 돕기 위해 달리기 이야기를 하고자 한다. 달리기를 아주 잘하는 20대 젊은이와, 노인이 달리기 시합을 한다. 공평하지 못하다 하여 젊은이는 한 발로 뛰기로 작정한다. 처음엔 젊은이가 압도적으로 앞서서 달린다. 그러다 얼마 못 가서 뒤처지기 시작한다. 결국, 노인이 거뜬히 이긴다. 한 발 걸음의 외로운 결과이다.

실학이 아무리 바른 인식이고 지식이라 해도 실천 의지가 함께 못하면 소용없는 일! 불의가 난립하는지 보이는 족족 자꾸만 머리가 어지럽다.

'하나는 외로워 둘이랍니다.' 추억의 글귀이다. 결혼은 필수가 아니다. 내 다시 살 수만 있다면 기필코 혼자 살겠다. 내 안에 인식은 그러면서 막상, 혼밥, 혼술, 혼잠, 혼영, 혼노, 혼자 사는 젊음에 한솥밥이며 두레상의 분위기를 가르쳐주고 싶어진다.

나무가 모여 숲을 이루듯이, 자동차 네 바퀴가 튼실해야 굴러가듯이, 홀로 가는 길은 내 맘대로 빨리 갈 수는 있지만, 오래갈 수 없듯이, 삼권 분립이 확실해야 민주주의가 성립되듯이, 균형을 이뤄야 완성되는 세상의 이치를 생각하며, 하루를 마친다.

체리 향기

'바디'라는 중년 남자가 자살을 생각한다. 더 이상 살고 싶지 않은 상황이다.

죽긴 죽어야겠는데, 죽은 다음에 흙을 덮어 줄 사람이 없다. 차를 타고 도와줄 이를 찾아 나선다. 군인, 경비원, 신학생 여러 사람 만나 부탁하지만, 모두가 거절한다. 한 노인에게 말했더니 노인이 그래, 걱정 마라, 흙을 충분히 덮어 줄 테니, 죽고 싶으면 죽으라고 말한다. 그러면서 자기 과거 이야기를 들려준다.

자신도 젊은 시절, 하는 일마다 잘못되어 생활고에 허덕이다가, 밧줄 들고 산으로 올라갔다는 말이다. 굵은 나뭇가지를 골라서 밧줄을 걸었다. 마침 나뭇가지 사이로 태양이 떠오르자 학교를 가려고 지나가는 아이들이 보였다. 아이들은 그 나무를 흔들어 달라고 부탁한다. 목맬 나무가 체리 나무였던 것이다.

그는 얼떨결에 나무를 흔들어 주었다. 체리가 아주 먹기 좋게 익은 상태라, 흔드는 대로 열매가 후두둑, 떨어진다. 아이들은 와, 까르르 좋아라! 하면서 밝은 미소 이쁜 목소리로 고맙습니다, 고맙습니다, 연발한다. 아들과 딸이 생각난다. 체리를 바구니에 담아 집에 온다.

〈체리 향기〉라는 영화다. 살다 보면 힘든 일이 왜 없겠는가? 앞이 캄캄할 땐 생각이 단편으로 몰린다. 허나, 길은 있다. 바디를 구해준 것은 노인의 경험과 위로다. 노인을 구해 준 것은 체리와, 떠오르는 태양과 지나가는 아이들의 웃음이다.

무엇을 해야 할지 더 이상 알 수 없을 때, 그때 비로소 진정한 무엇인가 할 수 있었다. 어느 길로 가야 할지 더 이상 알 수 없을 때 그때가 비로소 진정한 여행의 시작이다. 진정한 여행 시어이다. 지금, 나보다 더 힘든 이에게 전하고 싶은 이야기이다.

스승의 날

5월엔 세 번 꽃을 받는다. 생일이 음력 4월인데 양력으로 환산하면 5월 초중순이 된다. 아들에게 장미꽃을 받는다. 그리고 어버이날에 어머니로서 카네이션을 한 번 더 받는다. 그 다음, 바로 오늘 스승의 날에, 꽃과 마음의 선물을 받는다.

어느 해는 어버이날과 생일이 겹치기도 하지만 각각 의미가 있어선지 아들은 잊지 않고 감사를 전한다. 좋다. 한 점뿐인 아들, 어릴 적 부실하게 키운 미안함 때문에, 초등, 중등, 고등, 대학까지 학문의 길을 함께한 제자이기도 하다. 자식의 존중을 받는 삶이라면 인생의 절반은 성공한 것이라 이를 대입한다면, 내 인생도 절반은 성공이라 하겠다.

오늘은 스승의 날이지만, 요즘 스승이 드물다 하니, 명칭을 '교사의 날'로 바꾸는 게 낫겠다.

젊은 날과 달리, 요즘은 지난 세월, 모자란 부분이 부끄럽다. 꽃이라면 안개꽃이고 싶다/장미의 한복판에 부서지는 햇볕이기보다는/그 아름다움을 거드는 안개이고 싶다. 나로 하여 네가 아름다울 수 있다면/네 몫의 축복 뒤에서 나는 안개처럼 스러지는/다만 너의 배경이어도 좋다.//마침내는 너로 하여 나조차 향기로울 수 있다면/어쩌다 한 끈으로 묶여/시드는 목숨을 그렇게/너에게 조금은 빚지고 싶다.//

제자들에게 복효근 님의 시 〈안개꽃〉으로 마음을 대신한다. 제자들을 위한 조연이라면, 나는 기꺼이 안개꽃이고 싶다.

메디슨 카운티의 다리

내셔널 지오그래픽 커버디자인을 위해, 사진을 찍으러 워싱턴에 온 사나이가 한 여인에게 길을 묻는다. 이태리계 어여쁜 그 여자 프란체스카와 우연인지 필연인지 그만 사랑에 빠지고 만다.

단 사흘간의 사랑이, 스물두 해 그리움의 그림자가 되어버린다. “애매함으로 둘러싸인 이 우주에서 이런 확실한 감정은 단 한 번만 오는 거요. 몇 번을 다시 살더라도 다시는 오지 않을 거예요. 당신과 함께 있고 싶고 당신의 일부분이 되고 싶어요. 이 모든 마음을 당신이 기억해줬으면 좋겠어요.” 여자가 화답한다. “제가 할 수 있는 건 제 가슴 깊은 어딘가에, 우리를 영원히 남기는 거예요.” 프란체스카는 로버트 컨케이트의 남은 생애가 된다.

낡은 사진기, 편지, 일기, 세 권의 유품이 전해주는 이야기 《메디슨 카운티의 다리》를 도덕적 잣대로는 이해하기 어렵다. 하지만, 많은 이들이 내용에 빠져들었다는 데에 시사하는 바가 크다. 허니 애당초 천생연분의 백년해로가 제일이다. 섭섭해도 맞춰가는 게 보편적 인생이고, 절대 아니면 아닌 거다.

편지 속에, 사냥꾼 총에 죽은 짝을 찾아다니는 거위가 나온다. 이 다음 거위 이야기와 연결되어 한 번 더 반복된다. 이들처럼 시랑하는 사람은 못 만나 괴롭고, 미워하는 사람은 만나서 괴롭다. 사랑도 미움도 만들지 말라는 법구경 구절이 생각난다.

짝 잃은 슬픔

“고독한 나의 애물아, 내가 일찍이 너에게 사람의 말을 가르칠 능력이 있었더라면, 이내 가슴을 알려주고 호소도 해보며, 너도 나도 꼭 같은 설움과 공명을 함께하며 통곡하련만 그리 못하니 아프구나! 지극한 이 설움의 통정을 함께 나누지 못하는구나!”

공초 오상순(1894~1963)이 3.1 운동 직후 1920대에 쓴 〈짝 잃은 거위를 곡하노라〉는 위안을 삼고자 거위 한 쌍을 키우는데 한 마리가 그만 들짐승에 물려 죽고 마는 내용이다.

홀로된 거위에서 자기의 슬픈 감정 이입과, 조국의 현실을 은유한다. 짝 잃은 거위가 먹지도, 자지도 않고 돌아다닌다. 비가 오나 눈이 오나 날이면 날마다 여윈 몸으로 마당 구석구석을 찾아다니며, 짝을 부르는데, 그 단장곡 구슬퍼 차마 듣기 어렵구나! 말을 못 할 뿐이지 거위의 사랑도 사람 못지않게 지극하다.

옛글에 거위가 주인공으로 꽤 등장한다. 생김새로는 그다지 영물 같지 않은데, 지고지순한 사랑이 애절하다. 비슷한 느낌이 《메디슨 카운티의 다리》에서도 나온다. 주인공이 갈대숲에서 짝 잃은 거위를 보는데, 자기 마음처럼 한없이 외롭다.

《메디슨 카운티의 다리》는 로버트 제임스 월러의 실화를 기반으로 한 소설이며, 영화로 제작되어 전 세계적으로 흥행했다. 작중 이런 명대사가 나온다. "이런 확실한 감정은 일생에 단 한 번만 오는 것이다. 몇 번을 다시 살더라도 다시는 오지 않을 것이다." 참으로 부러운 감성이다.

다목 감성마을

'꼭 가고 싶어 간 곳이 있었던가! 정말 하고 싶은 일이 있어서 해본 일이 있었던가! 오직 내 하나를 위해 사치한 음식을 마련해본 적이 있었던가! 마음껏 갖고 싶은 것을 가져본 적 있었던가! 하기 싫어 안 한 일보다, 해야만 하는 일이 더 많았던 지난날! 아직도 무거운 책임과 의무가 크지만, 조금 여유가 생겼다. 그 대가로 이 나이를 받았다. 스스로 허락한 시간을 아껴서 밖을 내다본다. 길이 있어 내가 가는 것이 아니라, 내가 감으로서 길이 생기는 것이다.' 이외수문학관 머릿돌에 쓰인 글이다.

길이 아니면 가지 마라, 반듯한 길만 걸어야 한다는 사고에 내가 감으로서 길이 생긴다는 것은, 상상에도 없는 말이다. 이 당친 내용을 접하는 순간, 한참 동안 꼼짝하지 못했다. 자기가 걷는 대로 길이 생긴다. 단, 바른길을 말한다. 마음을 때리는 귀한 언어를 만나면 바로 그 안에 빠져든다.

읽고 외우고 읊조리다 보면, 시도 좋고 그 시인까지 좋다. 수필도 그렇고 소설도 그렇다. 이처럼 예상 없이 보석 같은 문장을 만나는 경우가 있다. '이외수문학관' 이야기다. 처음부터 작정한 것이 아니라, 그저 멀리 청정지역이 그리워 떠난 곳이 그곳이고, 그곳이 감성마을이고, 감성마을에 그분 이외수 씨가 있었다. 평소 동경하는 문학과 엇박자를 느끼나 갔으니 문학 공간을 둘러보고, 서적을 몇 권 샀다.

시류를 짚어낸 구절 곳곳에서 젊은 다수를 움직인다는 의미를 알겠다. 팔로우 대통령이라, 표현의 힘이 강력하다. 내 어휘와 거리가 있으나 분명 별미 중의 별미다. 문학 관중에 가장 맑고 아름다운 풍경이다.

최상의 정서

우리의 기본 정서는 공포, 경이, 비애, 혐오, 분노, 기대, 기쁨, 수용의 여덟 가지로 구분한다. 여기에 죄의식과 경멸까지 합하여, 대략 열 가지 혼합된 정서를 가지고 살아가는데, 이 가운데 가장

상위 정서가 그 아름다운 말 '사랑'이다. 기쁨과 흥미가 수용된 혼합정서, '참된 사랑'의 기초는 역시나 부모의 마음이다. 계절로 보면 꽃이 피고 새가 우는 봄 같은 사람으로 만들어가는 어머니 사랑이다.

부성애는 조건적이고, 모성애는 무조건적이라는 말이 있다. 모성실조에 걸린 동물이 자라서 어미가 되었을 때, 제 새끼를 학대한다는 실험 결과도 있다. 사람 역시 크게 다를 바 없다. 부모 노릇과 자식 노릇에도 인과 관계가 있어 보인다. 어버이날에 미담과 쓸쓸한 뉴스가 섞여 있기에 하는 말이다.

에리히 프롬은 사랑을 기술이라고 말한다. 연습과 훈련, 인내가 필요한 고도의 기술이라는 것이다. 우리는 언제가 가장 행복한가? 내가 제일 사랑하는 사람이 나를 제일 사랑할 때, 나로 인해 그가 행복해질 때, 행복에 겨운 모습을 바라보는 것! 사랑이란, 끊임없는 아량과 신뢰에서 아름답게 피는 꽃이라!

지능보다 정성으로 본다. 물질에 앞서는 배려이다. 배려가 곧 사랑이다. 저급일수록 자기애라니 내심 가늠해 보자. 자신보다 더 위하고 싶은 이가 있다면 그대는 고품격 맞다. 가장 행복한 인생을 설계하는 능력자일 것이다. 사랑은 그래서 정서를 수반하는 원동력이다.

태평천하

채만식 선생의 《탁류》는 거대한 폭풍우를 동반한 홍수로 인해 급물살을 타고 흐르는 동시대 민중의 삶과 심중을 묘사한다. 조정래 작가의 《아리랑》과 동질성이 느껴지는데, 김제 벌판과 군산부두 몹쓸 자, 비열한 앞잡이들이 등장하는 게 비슷하다. 《태평천하》에서 친일부자 윤 직원 영감은 "나만 빼고 다 망해라!"라고 부르짖는다. 결국 그 아들, 그 손자가, 집안을 말아먹는 결론이 독자의 화를 풀어준다.

전북 옥구 생으로 아호가 백릉, 채옹이라 하는데, 우리에게는 본명 채만식 선생이 친근하다. 1902년 6월에 태어나 1950년 6월, 만 48세로 떠나간 선생은 부잣집 아들이었다. 중앙고보와 일본 와세다대학 문과를 다닌 지식인이다. 《태평천하》는 절대 암흑기를 해학과 풍자로 그려낸 작품이다. 기막힌 사회상과 개인 심리 반영하는 허탈한 반어법으로 본다.

선생의 작품세계는 시대반영론적이다. 《레디메이드 인생》도 주인공에 자신의 모습이 투영된다. 실제로 선생은 마음에 먼 연상과 결혼 후 두 아들을 두고 파경을 맞는다. 몰락한 지주 집안에, 마땅한 직업도 없어, 재혼해서도 얼마 못 가 역시 깨지고 만다. 자기 인생이 곧 소설이다.

사회에 적응하려 노력하지만 설 자리가 없는 건 마찬가지이다. 자식 건사는커녕, 제 몸 하나 간수하기 어렵다. 결국, 아홉 살짜리 어린 아들을 학교 대신 인근 인쇄소에 식자공으로 취직시키며 애써 현실을 부정한다. 많이 배웠으면 뭐하나? 사람 구실도 못하는데! 선생은 P를 통해 사회를 비판한다. 또한 불의한 세상이지만 자기 책임이 아주 없지 않다는 생각이 있다.

지금 우리 시대는 태평천하 맞습니까! 젊음의 방황과 우울 앞에 과연 우리는, 이들의 어른이 맞습니까!

화(怒)

잠자리에 들어 하루를 돌아보면 다양한 감정이 섞여 있다. 그중에 화에 비중이 집중된 점에 대하여 반성하지 않을 수 없다.

같은 상황이라도 인품에 따라 화의 정도가 다르다. 쉽게 폭발하는 성정이 있는가 하면, 냉철한 이도 있으니 말이다.

'화가 풀리면 인생도 풀린다.' 틱낫한 스님은 사람마다 내면에 화의 씨앗 크기가 다르다고 말씀한다. 화를 보살피는 교육과 훈련에 익숙하면 제어가 수월하단다. 화를 다스리는 방법을 모르는 이는 자기 화를 주위 사람에게 쏟아붓고 만다는 것이다.

말만 하면 화부터 내는 사람이 있다. 사안보다 자기감정에 맞지 않아서 화를 낸다. 이런 사람은, 상대가 그를 받아 주든지 부딪치든지, 돌아서든지, 아무튼 자연환경 외에 눈 뜨면서부터 만나는 일상 대부분이 화를 불러내는 편이다.

인과 관계에서 즐거움이나 보람보다 화나는 경우가 더 많은 걸 보면, 내 안에 감정 요소 밸런스가 맞지 않은 모양이다. 하여 화를 잘 참거나 해소하는 방법을 찾아보고 있다. 누구든지 내재한 분노엔 과잉에너지도 한몫한다니 섭생을 고려한다. 자연을 자주 접하라. 화사한 꽃, 나뭇잎들을 아주 가까이 보여 줘라. '화'는 섬세와 연약에서 발생하므로 살피는 데로 수그러드는 유아라는데, 점점 주변을 돌아볼 기력이 버겁다. 그런데 아직도 내가 필요한 시선이 있나? 난 이대로 쉬고 싶다.

초혼

김소월(1902~1935)은 서른세 살의 나이에 아편을 먹고 자살한다. 생전에는 정한이라는 한국 민족시의 전형을 만들어 내었다. 유난히 꽃을 소재로 생명 원리와 인생존재론 시학을 그린다. 그중에 〈초혼〉은 사랑을 잃은 싸늘한 슬픔의 정점이 담긴 시다.

심중에 남아 있는 말 한마디를 끝끝내 마다하지 못한 이름! 영혼을 부를 수 있다면 어버이날도 됐으니, 그리운 부모님 언니 오빠, 수년 전 오늘, 떠나가신 큰형부까지 불러 모시고 싶다. 소박한 밥상에 둘러앉아, 도란도란 웃음꽃을 피울 수 없을까~!

옛이야기에서 동병상련을 찾아본다. 삼학사 김상헌의 손주 김수항은 사약을 받으며 아내에게 마지막 글을 남겼다. '혹시라도 따르지 마오. 어린 자식들을 위해 견뎌 주시오. 그리 못하면 저세상에 절대 만나지 않겠노라.' 준엄한 당부가 절절하다. 아내는 남편 유지를 받들어 평생 자식 양육과 교육을 다한다. 그리고 이승의 삶을 마치고 남편을 만나러 가는 길에, 그 편지를 가슴에 안고 관 속에 들어갔다.

이런 부부뿐 아니라 형제자매, 스승 제자, 지극한 우정, 여러 이별한 관계가 있지만, 어린 아들을 먼저 보낸 아비의 편지가 특히 내 가슴을 절절하게 울린다. 제대로 못 먹이고 입히지 못한 아들을 차가운 땅에 묻고, 간신히 마련한 옷 한 벌 쌀밥 한 그릇을 놓고, 자식의 영혼을 부르는 장면이다. 절대 그리움이 되어버린 평범했던 날, 그 시절엔 미처 몰랐다.

다수부

게으르고 잠 많은 여인네가 있다. 노상 밤잠 낮잠이다. 아무나 하는 누에치기도 못 하니 농사일은 보나 마나요, 베틀 짜기 바느질도 못 하고, 절구질도 못 한다. 사지 육신 멀쩡한데 평생 목욕도 안 하는지 땟국물 줄줄, 흐트러진 머리, 귀신 몰골이다. 부엌에 들어가면 그릇이나 깨고 겨우 하는 짓이란, 치마 걷어붙이고 이를 잡다가, 어디서 굿하는 소리 들리면, 사립문도 다 못 닫고 제일 먼저 달려나가는 것뿐이다. 매사 이 지경이니 같이 사는 식구들도 잘못된 결혼을 한탄한다는 김삿갓의 시 한 수이다.

'나는 아내와의 결혼을 후회한다.' 다소 도발적이고 위험한 제하의 소설을 접하면서 김삿갓의 〈다수부〉가 생각났다. 예전에도 무처 상팔자를 한탄했듯이 현실에서 내놓기 어려운 말, 솔직한 남자의 항변이다.

물론 자기 존재를 망각해야 하겠다. 보편적 남자의 일 순위는 예쁜 여자이다. 착하고 교양 있는 여자, 재력, 권력 있는 처가를 마다할 일인가! 가끔, 뜬금없이 풍만한 가슴과 망사스타킹을 신은 긴 다리가 눈에 들어오고 계절이 바뀔 때 그냥, 아무런 제약 없이 직장과 처자식을 떠나고 싶어진다. 외로움으로 천장이 내려앉을 때가 있다. 남자도 우울증이 도진다. 짐승처럼 울부짖고 싶을 때가 있다.

과거 상념 미래에 불안 해소를 위해 산에 올라가는가? 이런 남성의 심경을 토로하는 글, 영원히 철들지 않는 남자들의 문화 심리학이다. 《나는 아내와의 결혼을 후회한다》라는 김정운 교수님 책을 잘 보았다. 독후감은 허난설헌의 유언 시로 대신한다. "나는 왜? 조선에서 태어났던가! 나는 왜 여자로 태어났던가! 나는 왜? 어찌하여 김성립과 결혼했던가!" 그녀도 남편과의 결혼을 후회했다.

진홍빛 양귀비

"세상의 고달픈 바람결에 시달리고 나부끼어/더욱 더 의지 삼고 피어 헝클어진 인정의 꽃밭에서/너와 나의 연분도 한 망울 연연한 진홍빛 양귀비꽃인지도 모른다."

청마 유치환 〈행복〉에서 양귀비를 언급한다. 선악을 겸비하고 있다는 꽃!

양귀비꽃이 제철인 모양이다. 시골집 오라버니 텃밭에 피어 있다. 여러 곳 관상용 양귀비가 눈에 띈다. 양귀비라 하면, 경국지색 당현종의 귀비(양옥환)가 먼저 떠오른다. 스물둘에 57세 시아버지 현종의 귀비가 되어 나라를 말아먹었다는 미모의 여자이다. 그녀가 한 번 방싯, 웃으면서 뒤돌아보면, 백 가지 애교가 흘러넘쳤다고 한다. 그 애교에 반해 아들의 여자를 빼앗고 나라꼴 엉망진창에 '안사의 난'을 유발한 막장 드라마 양귀비! 백락천의 〈장한가〉에서는 이들의 사랑을 연리지로 표현한다.

'자세히 보아야 예쁘다, 오래 보아야 사랑스럽다, 너도 그렇다' 양귀비꽃 역시 그렇다. 선홍색, 연분홍색, 흰색, 다양하다. 붉은색 꽃말은 허영심이고, 흰색은 위안과 잠을 의미한다. 실은, 호방한 청마의 시어에 양귀비가 등장할 줄은 몰랐다.

"사랑하는 것은 사랑을 받느니보다 행복하나니, 설령 이것이 이 세상 마지막 인사가 될지라도/사랑하였으므로 진정 나는 행복하였네라!"

받는 기쁨보다 주는 기쁨의 사랑을 말한다. 자연스럽게 발생하는 진실의 의미이다. 중국 역사의 미인이라는 수식어는 어떨까 생각해본다.

세월이 가면

"지금 그 사람 이름은 잊었지만/그 눈동자 입술은/내 가슴에 있네/내 서늘한 가슴에 있네" -박인환 시인 〈세월이 가면〉

〈목마와 숙녀〉를 알고 있다면 이 시 역시 기억할 것이다. 대중음

악으로 작곡되어 오래전 유명해진 노래이기도 하다. 바람이 불고 비가 올 때도, 유리창 밖 가로등 그늘의 밤을 잊지 못하는 그 사연, 어떤 그리움일지 이해되고도 남지 않는가? 다시 그 시절로 돌아갈 수 있다면 그 가로등 그늘의 밤을 다시 또 한 번만 다시 만날 수 있다면, 내 그대를 놓치지 않을 것을~!

시인을 조명한다. 박인환은 강원도 인제읍 성동리 159번지 강촌마을에서 태어났다. 집안 형편이 어려워서 경기중학교 입학 후, 여러 곳으로 옮겨 다닌다. 가난에 공포심 같은 게 있었는지, 늘 옷차림을 깨끗하게 입고 품행도 단정하다. 섬세한 진보주의자! 문학관에 걸려 있는 아이보리색 바바리코트는, 당장 입어도 손색없을 정도로 멋지다. 사람을 사귀어도 십수 년 연장자와 사귀었다는 그! 늘 중절모에 코트를 맞춰서 입고 다녔다는 그! 잘생긴 로맨티스트인, 그 시인의 문학 세계에 들어가 본다.

세월이 가면 갈수록 추억이 늘어난다. 대부분 흐릿해지고 무뎌지는데, 어느 장면에선 갈수록 부끄럽고, 갈수록 아쉽고, 갈수록 선명하고 또렷해지는 추억도 있다. 세월이 가면 갈수록 그리움과 아픔인 추억 시와 음악이 위안을 대신한다.

제5부

가슴으로 담은 정

목마와 숙녀

한 잔의 술을 마시고 우리는 버지니아 울프의 생애와 목마를 타고 떠난 숙녀의 옷자락을 이야기한다. 밤을 잊은 그대에게 별이 빛나는 밤에 이사도라, 경음악을 배경으로 '박인희' 씨가 낭송하는 〈목마와 숙녀〉는 그 시절 아예 밤을 잊게 만들었다.

〈겨울여자〉, 〈아스팔트 위의 여자〉, 〈내가 버린 여자〉, 〈꽃띠 여자〉, 〈목마 위의 여자〉, 〈아침에 퇴근하는 여자〉, 〈영자의 전성시대〉, 〈나는 야한 여자가 좋다〉, 〈매일 이혼을 꿈꾸는 여자〉… 여자, 여자는 모든 문학과 사건의 기본이고 중심 배경이다. 특히 70년대 중 후반 문학과 영화 제목에는 여자가 많이도 등장했다. 이 가운데 박인환의 〈목마와 숙녀〉는 감수성이 깊고 예민한 여고 3년 말경 접했으니, 거의 문화적 충격에 가깝다고 할까, 밤새 전문을 외우느라 그야말로 밤을 꼬박 새웠다.

왜 숙녀는 목마를 타고 떠났을까! 숙녀의 옷자락은 어떤 의미일까? 술병이 바람에 쓰러지는 소리는 어느 정도의 아픔일까? 버지니아 울프는 누구란 말인가? 알 것 같은 의문이 꼬리를 물고 늘어지던 시절, 〈목마와 숙녀〉의, 숙녀가 되어 빠져들었다.

근일 나무 이야기를 접하다 보니 목마가 떠올랐다. 숙녀가 생각났다. 근원을 알 수 없는 슬픔과 괴로움의 시어가 뭔가 서럽고 뭔가 외롭고 애가 타는 분위기를 만나기란 쉽지 않다. 강원도 인제 박인환 문학관에서 그분의 품에 안겨보았다. 문학이란 이렇게 행복한 선물을 주는 마법과 같은 희망과 같다.

굽은 나무 이야기

이웃집 장씨가 집 지을 나무 구하려고 산에 올라갔다. 죽 둘러보았지만 꼬부라지고 뒤틀린 것이 대부분이었다. 그러다 산꼭대기에서 한 그루의 나무를 발견하였는데, 반듯하고 쓸 만하다 싶어 다가가 보니 아뿔싸 형편없이 굽은 못난이였다. 웬만한 나무는 한눈에 알아보는데, 그 나무는 세 번이나 봤는데도 재목감이 아니라는 사실을 몰랐다는 것이다.

이처럼 겉으로 후덕해 보이고 멋진 용모의 사람일지라도 본심은 알 수 없다. 조선 선비 장유의 굽은 나무 이야기, 〈곡목설〉이다. 용모로 사람을 평가하고 멀리하거나 버리는 짓은 경솔하다. 내면의 가치를 중시하고 사물도 어찌 활용하느냐에 따라 귀품이나 천품이 되는 법을 가르치는 〈목근침설〉이라는 나무 베개 이야기와 반하는 이야기이다.

글쓴이 장유 선생이 하고 싶은 말은 무엇일까? 나무 가운데 굽은 것은 비록 보잘것없는 목수일지라도 가져다 쓰지 않지만, 사람 가운데 곧지 못한 자가, 공경사대부 인끈을 차고 조정 고관 지위에서 거드름 피우고 있으니, 나무의 일생이 오히려 정정당당하다며 당시 위정자들을 비판하고 있다.

옛말에 '활줄처럼 곧으면 길가에서 죽고, 갈고리처럼 굽으면 공후에 봉해진다.'고 하였으니, 이렇게 역사는 늘, 되풀이되는 모양이다. 꼭, 혼란을 겪어야 실감하는 게 인생인가 본다.

목근침설

나무의 소망은 무엇일까? 푸른 하늘 높은 산 정상에 서서 사람이며 짐승들의 공격에 벗어나는 것. 온전히 잘 자란 가지와 조화로운 나뭇잎 무성하게 우거져 우뚝 솟은 모양, 넓은 그늘을 자랑하며 천수를 다하는 것, 이것이 행복한 일대기 아닐까?

조선 후기 문신, 홍우원(1605~1687)의 《남파집》에 수록된 〈목근침설〉을 보면 생각이 달라진다. 이 어른이, 어느 날 아무렇게나 생긴 나무가 뿌리 뽑힌 채, 밭두둑에 버려진 걸 보았다. 울퉁불퉁 상하좌우 구분 없이 구부러져 볼품없고 이상하게 생긴 모양새이다.

거참, 특이하다 싶어 집에 가져와 썩은 곳은 다듬고 깎아서 골고루 갈고 닦았더니 아주 멋진 목침이 되었다. 객이 없으면 책을 읽다가 이것에 비스듬히 기대기도 하고, 눕기도 안기도 하다 보니 어느 좋은 베개와도 바꾸고 싶지 않았다. 기이한 형태와 보잘것없는 나무뿌리지만 자기 같은 사람을 만나 귀히 여기는 베개가 되었으니, 나무의 행복이란 게 한 가지만은 아니라는 걸 깨달았다는 얘기다.

〈목근침설〉은 풍자적 의미를 담고 있다. 천하에 애당초 버려질 물건은 없다는 말이다. 볼품없어 버린 물건이 있는가? 임자에 따라 소모품도 귀천이 달라지는 것이라, 누군가는 쓸모 있게 활용할 것이다. 혹시 이기 때문에 버린 사람이 있는가? 그도 누군가에게는 인연이 되어, 귀한 삶을 누릴 수 있다는 걸 생각하라는 이야기이다. 나무뿌리로 만든 베개는 얼마나 아름다운 잠을 선사할까?

내 나무

옛 시절, 아들을 낳으면 농장지경(弄璋之慶)이라 하여 선산에 소나무를 심었다. 딸을 낳으면 농와지경(弄瓦之慶)이라, 논두렁 밭두둑에 오동나무를 심었다. 오동나무는 장롱과 반닫이로 딸의 혼수가 되고, 소나무로는 훗날 관을 만들었다. 어릴 적부터 자기 이름으로 얻는 각자의 자기 나무 '내 나무'가 있어 나무와 함께 자라고 나무와 함께 죽음을 맞이했다는 거다.

마을 입구에는 지금도 수호신 같은 마을 동구나무가 있다. 때마다 쉼터가 되고 의지가 되는 전설 같은 우리들 나무이다. '못난 소나무가 선산을 지킨다.'는 카친(카톡 친구) 김인식 선생님 말씀을 염두에 두며 '내 나무' 이야기를 꺼내 본다. 아주 잘난 아들은 나라에 바치고, 대충 자란 아들은 사돈에게 바치고, 결국 가장 못난 아들이 내 아들이라는 농담이 진담이 된 세태풍자이다.

나는 누구의 나무로 서 있나! 나무의 가치다움을 생각하지 않을 수 없다. 연두 봄빛으로 시작하여 한여름 매미 울음소리가 초록공원 가득할 때, 큰 나무 그늘마다 사람도 모이고 새들도 모여든다. 휴식과 정담을 나누는 너와 나의 나무! 당신은 나의 나무가 되고, 나는 당신의 꽃이 될래요. 서로 희로애락을 나누고 싶고, 기댈 수 있는 자기만의 나무를 그리는 심정과 같다. 뿌리 깊은 나무, 휴식이 되고 의지가 되는 영원한 '내 나무' & '그대의 나무'를 생각하는 시간이다.

이루지 못한 사랑

목련꽃 그늘 아래서, 베르테르의 편지를 읽는 소녀가 있었다. 흰 목련색 칼라를 단 교복차림의 문학소녀가 시를 읽는다. 시인이 되고 싶어서이다. 나보다 높은 품격의 시인을 만나 몇 날 종일토록 시어를 나누고 싶었다. 꽃이 피면 꽃이 좋고, 숲이 청청 무성하면 숲길이 좋고, 빛깔 고운 단풍시절엔 단풍길 따라 끝없이 걷고 싶던 소녀, 함박눈이 세상을 덮어버리는 날이면 설국 왕국의 공주가 되어, 하늘을 오르내리는 꿈을 꾸던 소녀가 있었다. 새가 되어 창공을 훨훨 날아다니며, 온 세상을 두루 돌아보고 싶었다.

명랑 가득한 품성이 수줍어질 무렵 이야기 속 주인공이 되어 사랑도 기다렸다. 목련꽃이 필 때, 생각나는 사람도 생겼지만, 그만 접어야 했다. 너무 일찍 세상 속에 들어서서인지 세상이 무섭더라고 했다.

두렵고 외로운 일상이 모여 삶이 된다. 그런 한 세월이 잘도 흘러간다. 이제 초로의 문턱에서 지나간 하늘을 바라본다. 흰 구름, 검은 구름, 맑은 날, 흐린 날들!

나무에 피는 연꽃이라 하여 목련이라 명명했다고 한다. 불결한 속세에서 청정 신성을 유지하는 목련. 극락정토에서 다시 만나게 (못다 한 인연을 맺을 수 있게) 한다는 연꽃이 아닌가. 그러고 보니 연꽃과 목련이 많이 닮았다. 그런데 왜 목련은 이루지 못할 사랑을 담았을까? 붓끝을 닮아 붓 필화라고 써야 할 사연이 많았을까?

새봄. 푸른 하늘을 이고 겨우 한 열흘 아름다운 목련화! 그래서 순백의 시절이 목련화처럼 그리도 짧았던가요!

복수초

얼음 속에서도 핀다고 하여 일명 얼음 새 꽃 복수초이다. 동양에선 영원한 행복을 꽃말로 삼았다. 서양에선 슬픈 추억이라고 한다. 같은 꽃인데 다른 의미를 담았다. 눈 속에서 제일 먼저 꽃을 피우는 복수초를 말한다.

2년 전, 시골집 바깥 화단에 복수초를 여럿 심었다. 부실하게 생긴 잎사귀며, 짧은 뿌리며 엉성하게 생긴 걸 심기는 했지만, 정말 꽃을 피울까 궁금했다. 그리고 수원을 오가면서 잊고 있었다.

작년 아주 이른 봄. 한바탕 눈이 내린 뒤, 잔설 가득한 사이로 노란 무엇이 보였다. 책에서 본, 노란색, 아니 진한 황금색 꽃이 보이는 것이다. 누가 그랬지요, 자세히 보아야 예쁘다고 오래 보아야 사랑스럽다고. 복수초를 처음 본 느낌이 그렇다. 자그마한 몸짓으로, 겨울 눈밭을 뚫고 나오는 저력이 참 경이롭다.

만화방창 호시절에 앞서서, 저 홀로 의연한 자태가 정말 대견하지 않습니까! 인동초의 끈기와 설중매와 비견해도 뒤처지지 않을 복수초이다. 쉽지 않은 환경을 이겨내고 때를 지켜서 꽃을 피우는 정신을 배운다. 그런 사람을 동경한다. 다음 주말엔 행복을 주는 복수초를 만나러 가야겠다.

설날

"큰누이는 흰떡을 찌고, 작은누이는 빨간 치마를 다림질한다. 어린 아우는 형에게 절을 하고, 형님은 어머님께 절을 올린다. 두 딸은 오리처럼 널뛰기를 하는데, 쟁그랑 패옥소리 지붕까지 울려 퍼진다네. 아이들은 붉은 싸리나무로 윷을 만들고, 윷이나 모는 좋아라하고, 도나 걸은 혀를 차는구나! 얄미워라 흰 떡국은 작은 동전 같은데, 나이를 더하게 되니 먹고 싶지 않구나!" 이덕무의《세시잡영》에서 발췌한 내용이다.

사람들은 새해마다 재물이 늘어나길 빌지만, 내 소원은 몸에 질병과 재앙이나 없으면 한다. 말을 타고 집을 나서 내 맘대로 노니면서, 산 귀퉁이 물가에서 마음껏 술잔이나 들었으면 좋겠구나! 오전 일정을 마치고 차례 준비를 위해서 이제 밖을 나간다. 수첩에 빼곡히 준비사항을 적었다. 수십, 수년 동안 해오던 당연한 일정입니다만, 마음속 한쪽에 집 나서서 내 맘대로 노닐고 싶은 맘이 없을까? 이왕 할 일 순하게 해본다.

설 명절, 원근에 흩어진 가족이 모여 그간 정담을 나누던 풍속도가 서늘하다. 우리 서로 만나지는 못 하지만 덕담과 축원을 나누고자 한다. 새해도 변함없이 동고동락과 화목을 바란다.

법외자(法外者)

꽤 오래전, 시골집 주변 작은 식당에 들어갔을 때 이야기이다. 음식을 주문하고 기다리는데 옆자리가 화기애애하다. 식사와 반주가 무르익으며, 목소리가 엉키더니 소란하다. 뭔가 이견이 생긴 모양이다. '그려? 법대로 하자! 법대로 하자구? 법대로 하자구! 뭔 법이야? 법 같은 소리 하구 있네! 니가 법을 알어? 뭐 이 나라법이 그렇지 사람 따라 늘어났다 줄어들다 고무줄 법이지 뭐, 뭐, 워디 빽 좀 있남? 혀 봐 법대루!'

정리하면 이렇다. 우리나라 법령은 촘촘히 잘 짜인 거미줄처럼 완벽하다. 하도 꼼꼼 철저하여 벌, 나비, 개미까지 죄다 잡아 가둔다는 말이다. 허나 비둘기 정도만 해도 거미줄을 뚫고 지나간다. 높은 곳에서 비행하는 독수리 눈에는 거미줄 자체가 아예 보이질 않는다. 법망이 그리 필요 없는 특권층, 이들을 법외자라 한다. 예불하서인 형불상대부(禮不下庶人 刑不上大夫). 형이 필요 없는 귀족, 예로 대할 것 없는 민초라는 뜻이다. 혼외자 있는 집안 편할 리 없고, 법외자 난무하는 나라 온전할 리 없다.

불공정의 씨앗은 불만을 생산하고, 불만은 폭력을 불러낸다. 오래전, 작은 식당에서 나온 이야기를 요약해본다.

보라색 다리

신안 박지도에서 살던 한 할머니 평생소원이 있는데 박지도에서 목포까지 걸어가 보는 것이다. 당시 박지도에서 목포까지 가려면, 물때와 시간 맞춰서 작은 배를 타고, 다시 큰 배로 갈아타야 했기 때문에 매우 불편하다.

시간이 흘러 할머니의 꿈이 이루어졌다. 다리가 건설된 것이다. 사계절 내내 보라색 꽃이 만발하는 박지도 특색을 상징하는 보라색 다리이다. 총 길이는 7224m로 국내 대교 중 인천대교, 광안대교, 서해대교 다음으로 긴 다리라고 한다. 퍼플교를 하늘에서 내려다보면 V자 형태라고 한다. 반월 박지 구간 915m, 박지 두리 구간 547m 이렇게 두 구간으로 나뉘었다.

그동안 알려지지 않은 미지의 섬 박지도를 비롯해 주변이 '가고 싶은 섬'으로 바뀌었다. 다리 중간에 휴식공간이 멋진 데다, 낚시도 맘껏 할 수 있고 무엇보다 바다를 가로지르며, 걷는 느낌이 일품이다.

남해안 일대로 여행을 떠난 지인이 퍼플교를 건너간다고 사진을 보내왔다. 바로 달려가 늦가을을 걷고 싶어졌다. 서리 내린 가을날 단풍 물들고, 첫 추위와 함께 붉어지네, 가을이 깊을수록, 색이 더욱 깊어지는데, 한 가닥 마음 길 소망이 사라지지 않네! 비록, 나들이는 못 하나 언제든지 길 떠나고 싶다는 옛 시인의 노래로, 이 심정을 대신한다.

당신이 꽃같이 돌아오면 좋겠다

죽고 싶을 때가 수없이 많았지만, 억척같이 살아온 삶, 지금 살아있어도 사는 게 사는 것이 아닌 삶, 그대로 잠자듯 가고 싶은 어르신들 이야기이다.

최근 들어 도서 선택이 이렇게 변해가는 걸 보니, 슬슬 노년이 염려되나 보다. 삶의 마침표를 찍기 위해, 절명 징후가 보인 후에도 몇 달 길게는 몇 년까지 죽음의 과정을 겪게 되더라는 것이다.

기억 가물가물한 어르신들의, 알 수 없는 언어로 도배되는 삶의 안타까운 이야기가 한자리에 모여 섞인 요양원 풍경, 건물 수채를 가졌던 부유한 할아버지나 땅을 일구던 농부, 장성급 군인, 선생이나 의사나 군인이나 과거 어떤 직함을 가졌든지 요양원의 하루는 공평하다. 불공정한 젊음이 다 늙어서 희망적이지 않은 공평을 나누고 있는 것이다.

공용 용어도 있다. 이렇게 세월이 훅 하니 가버릴 줄 몰랐어. 내 마지막이 이럴 줄 알았더라면, 그렇게 일(만)하지 않았을 거야! 맛

있는 거 다 먹고 구경도 많이 다닐 걸 그랬어! 옆도 보고 뒤도 보고 주변 사람들과 너그럽게 살 걸 그랬어!

다시 한번 꽃으로 피어나고 싶은 소망도 있으련만, 치매 노인들은 말 없는 강요를 받는다. 주변과 소외될 것을, 멀리 떨어져 줄 것을, 더는 병원치료를 받지 말 것을, 그대로 외로워질 것을, 조용히 떠나줄 것을. 이게 현실이다.

세월

'꽃이 지는 것을 보면 지나간 시간들의 내면을 들여다보는 것 같다. 낙엽을 보면 앞으로 만나게 될 쓸쓸함을 보는 것 같다'는 말을 한다. 봄 꽃길, 여름 숲을 지나 꽃보다 더 곱다는 가을 단풍 길을 배웅하는 길이다. 봄날엔, 제대로 피지 못하고 지는 꽃들이 있는가 하면, 여름 무성한 푸른 숲의 고마움을 당연하게 보내고, 다시 가을이 뒷모습을 보이는 지금, 이렇게 아쉬움이 휩싸고 있음을 느껴본다. 단풍보다 낙엽에서 동질성이 견고해지는 기분이라 할까, 예쁜 꽃눈부터 시작해서, 한살이를 마치고 흙으로 돌아가는 낙엽에서 인생을 배운다. 회자정리라고 하던가.

오늘은 그 말을 주제 삼고 싶다. 님은 떠나갔지만 나는 님을 보내지 아니했다는 한용운 시인의 〈님의 침묵〉을 상기한다. 곧 나무들이 빈 가지를 보이며 빈 마음을 가르쳐 주리라 믿는다. 가을 지나고 겨울을 지나면서 오롯이 혼자라는 의식에 묻혀 있다가 공존의 관계를 깨닫게 된다. 세월 이야기이다. 다시 봄이 되고 꽃이 피면서 내 나이테도 단단해지겠다.

매(梅)

설중매는 사진이나 그림으로만 봤지, 실제로는 한 번도 못 봤다. 그도 그럴 것이, 중부 매화는 보통 삼월부터 피기 시작한다. 삼월에 함박눈은 드문 현상 아닌가?

교학하던 분들과 함께했던 남도 탐매 여행을 떠올려본다. 담양 환벽매를 필두로 선암매, 대명매, 고불매까지 두루 돌아보았다. 그중 제일은 따로 없고, 모두 고매의 자태가 일품이라는 정평이다. 먼 산, 고(古)가를 배경으로, 고목에 핀 매화를 사진에 담거나 그리고 싶은 심경을 알 것 같다. 마음껏 담고 마음껏 그려내는 솜씨가 매우 부러웠다.

아쉬움에 매화 몇 점을 부채에 그려보면서, 이것이 쉬운 일이 아니란 걸 체험한다. 마음대로 그려지지 않는 것이다. 머릿속 구도와 손길과 마음이 하나도 일치되지 않는다. 생각하니 일치되지 않는 게 아니라, 마음길이 앞서는 게 문제이다. 노력 없이 실력만 갖추고 싶은 게 허세이다. 반복하다 보니 반복하는 만큼, 꼭 그만큼 늘어 가는 것을 느낀다. 하다 말지라도 해보는 게 낫다는 다짐이다.

몇 생(生)을 거듭해야 매화로 태어날까! 달밤에 매화나무를 돌고 돌며 매화 시를 읊던 퇴계 선생의 심경을 헤아린다.

매일생한불매향(梅一生寒不賣香)이라, 절제된 사랑이다. 누구도 범접할 수 없는 서릿발 정절의 상징, 매화를 잘 그리고 싶다. 매화는 인간의 마음을 잘 묘사하는 신통한 마력을 지녔다고 본다.

휴가유감

헤어지면 그립고, 만나보면 시들하고 몹쓸 건 이 내 심사라, 옛 노래 '청춘고백'에서 이렇게 고백한다.

참, 그럴 때가 있다. 그리던 이번에 휴가가 그러하다. 어디라도 좋으니 떠날 시간만 있으면 됐지 뭘 바라겠는가! 틀에 박힌 시공에서 탈피만 한다면, 그 하나로 족하려니 바다면 어떻고, 산이면 어떠하리! 가자가자 떠나보자 도연명의 〈귀거래사〉를 읊듯이, 김삿갓처럼, 김시습처럼, 그물에 걸리지 않는 바람처럼 무소의 뿔처럼 홀로 가리라!

일상을 벗어나는데 뭐 그리 준비할 게 많은지. 며칠간 비어있을

집 안 정리에 한나절이다. 쓸고, 닦고, 비우고, 작은 불을 하나 켜 놓을까 말까, 물 한 병 더 넣을까 말까!

겨우 출발하는데 여러 곳에서 다양한 문자가 들어온다. 누가 아프다. 누가 수술했다. 누구 칠순이다. 평소 시간이 없으니까, 휴가 때 돌아봐야지 어쩌겠습니까! 병원도 각지에 퍼져있다. 도로는 정체와 지체가 반복이다. 가만 헤아려보니 나도 아프다. 병원에 다녀와야 했다.

시골집 옥상에서 밤하늘 바라보며 누워있기, 베란다에서 하늘과 구름 바라보기, 정자에서 뒹굴거리면서 낮잠 자기, 전설바다에 꿈꾸는 물결 같은, 대천의 밤바다 파도소리 듣기, 칠갑산 까치내 계곡물에 발 담가 보기… 이 중에 하나도 못 했다.

추억

비가 오는 날의 삽화, 비가 오는 날의 상념, 비가 오는 날의 그리움.

장맛비 내리는 주말이다. 주말과 함께 휴가 시작이다. 휴가는 사람들의 희망이다. 비가 오면 생각나는 사람이 있습니까! 동행을 두고 그 사람을 노래할 순 없을 테니까, 추억 속의 인물이겠네요, 추억에는 갈수록 또렷해지는 추억이 있고요, 갈수록 흐려지는 추억이 있고, 갈수록 아픈, 갈수록 부끄러워 잊고 싶은 추억이 있다고 하지 않습니까!

어느 날, 불쑥 느닷없이 생각나는 추억도 있다. 오늘이 그렇다. 나이가 들어도, 아니, 나이가 들어갈수록, 10대 20대 때의 추억이 영롱하게 살아 그리움으로 장식된다. 그 시절 다시 온다면! 다시 돌아갈 수 있다면, 새롭게 시작하고 싶은 사연을 가늠하다 보면, 추억은 늘, 아쉬움이다. 어쩌면, 일생 자체가 추억이라 해도 말이 되겠다. 오늘에 일과도 추억으로 축적될 것이다. 연속성이다. 감싸고 있는 모든 희로애락이 추억으로 정리될 것이다.

매시간 만나는 무엇이든 추억의 근원이라 하겠다. 다시 십수 년. 추억의 한 페이지가 될 오늘을 생각한다. 지층 같은 추억에 영롱한 부분이 남아있으면 좋겠다. 먼 훗날 추억을 위하여, 추억은 이만 접고요, 시골집으로 출발한다. 가서, 도라지밭이나 정리해야겠다. 채소와 자연을 보며 시골에 와서 느끼는 기분은 무엇으로도 바꿀 수 없는 소중한 추억이 되리라고 생각한다.

사무라이

12세기 중반이면. 우리 고려 시대 무신정권쯤 될까. 일본 12세기 귀족 출신의 무사 계급을 '사무라이'라 한다. 초기에는 높은 수

준의 무예와 투철한 국가관을 지녔고, 절도와 극기, 용기와 명예를 목숨보다 중하게 여겼다 한다.

무로마치 시대에 들어서는, 사무라이가 무사도에 단과차도가 접목하여 꽃꽃 문화의 저변이 되었다. 임진왜란 후, 정통 사무라이는 10% 정도 정신을 이어갔다고 한다. 대부분 폐쇄층으로 명칭만 존재할 뿐 생업에 뛰어들었다. 절도 있는 무예와 단결, 자신의 주군을 향한 충성의 생애! 우리는 이미 삼국시대 신라 '화랑정신'에 들어있다. 사군이충, 사친이효, 교우이신, 임전무퇴, 살생유택이라!

화랑 후예가 삼군생도라면, 사무라이 후예는 무엇일까? 보호비 명목으로 고려인 60여 명이 난투극을 벌였다. 키르기스스탄, 카자흐스탄, 러시아, 등지에서 살던 고려인, 이들이 김해시청 앞에서 패싸움을 벌였다는 것이다. 사회가 복잡해지면서 분화 과정도 복잡하려니 하지만, 사무라이 정신이 변질해, 깡패로, 조폭으로, 양아치로, 어째 갈수록 치졸한 방향으로 변화하는지 모르겠다. 제자가 일선 경찰 재직 중이라 사건을 더 들여다보았다.

사무라이 정신은 과거 임진년 일본의 무사 계급의 존재 하에 충성도를 시험하는 귀한 자료가 되었다. 일본의 닌자들과 함께 대표되는 일본 정신이다.

길

세차게 비가 내린다. 시골집 텃밭 일을 마치고 올라오는 길, 길이 막힌다. 서산 당진 서해대교 부근이면 당연하게도 가다 서다 반복한다는 교통방송 그대로이다. 정체된 상태에서 좋은 점을 찾는다면 주변 풍경이 눈에 들어온다는 점이다.

혜민 스님이 내놓은 《멈추면 비로소 보이는 것들》이라는 책 제목을 떠올린다. 속도경쟁에서 느끼지 못했던 느림의 미학이다. 좋은 길은 좁을수록 좋고, 나쁜 길은 넓을수록 좋다고 한다. 넓을수록 빠를수록 좋다는 고속도로가 고속이 아니다. 뭐니 뭐니 해도 길은 평탄한 길이 좋다. 하지만 어디 그런 길만 갈 수 있습니까! 오르막길이 있고 내리막길이 있고, 뜻밖에 길이 있고, 가고 싶지 않은 길이 있고, 못 가본 길, 그래서 가고 싶은 길. 또다시 돌아가고 싶은 길, 가면 안 되는 길, 많기도 하다.

비례물시, 비례물동 길이 아니면 가지 마라! 가면 안 되는 길 모르면 몰라도, 알면 가지 말아야 할 길을 생각한다. 평소 존경하는 학 같은 분이 계시는데, 국회의원 선거전을 치를 때면 표심에 전전긍긍하다. 낙선한 모습이 영, 그 길은 아니지 싶었다. 우리 기본 욕망이 생존과 돈, 명예라고 하지만, 정당하게 벌고 베습하는 사람들은 정당하게 사는 게 맞다. 아님, 자기 분수에 맞는 자리 보존이 좋아 보인다. 돌길 흙길 가림 없이 걸어온 내사 뭘 더 바라겠느냐만. 이젠 다리 힘이나 좀 보존했으면 한다.

혜민 스님의 말씀처럼 길이란, 멈추면 비로소 보이는 건가 보다. 바쁘게 살아가는 일상도 이제는 나를 찾아가는 소중한 시간이 되길 기대해본다.

유일한 장미

지구별에 온 어린 왕자는 다양한 사물과 여러 인물을 만난다. 처음 본 장미꽃은 깜짝 놀랄 만큼 아름다운 꽃이다. 자태도 자태지만 세상 하나밖에 없는 존재기에 더욱 신비로웠다.

너무도 소중한 장미를 위해서라면 한목숨 불사를 자세다. 추우면 추울까 봐! 더우면 더울까 봐! 목마르면 목마를까 봐! 온갖 정성을 다한다. 장미꽃도 예쁜 걸 알아서인지 한 성질에 까칠하다. 어린 왕자는 당연히 묵묵히 성심을 다한다. 자기 별을 떠나 여러 곳을 다니다가, 다시 돌아갈 마음을 먹는 것도 장미 때문이다.

그러던 어느 날, 지구에서 넓고 넓은 밭, 장미로 가득한 꽃밭을 발견한다. 아, 이게 뭡니까! 이게 다 똑같은 그 '장미'입니까! 그동안 뭐 한 겁니까!

아! 기막힐 노릇이다. 어린 왕자는 풀밭에 엎드려 울고 만다. 각별했던 마음이 분했을 것이다. 그동안 세월이 아까웠을 것이다. 세상의 고운 언어에 최상의 의미로 온갖 정성을 몽땅 쏟았는데 겨우 흔한 존재로 여기저기 난무하다니, 그 실망감이란 이루 말할 수 없을 것이다. 무력한 어린 왕자에게 여우가 말한다. 절대 잊으면 안 된다.

"세상에 장미꽃이 아무리 많은들 무슨 소용이란 말인가! 흔해 빠진 것들 모두 비슷한 것에 불과하니 아쉬울 것 없다. 다만 네 정성은 단 하나 그 장미를 책임져야 한다. 공들인 시간 때문이다. 정말 중요한 건 눈에 보이지 않는다. 마음으로 보는 거다!"

좋은 사람

핸드폰에 선거유세 문자가 자꾸 들어온다. 오로지 자신만이 지역 적임자라며 많은 공약과 구호를 외친다. 들으나 마나 보나 마나 그 나물에 그 밥 같다. 총선이 얼마 남지 않았으니 그러려니 한다.

식상해도 어쩌겠나. 내심 따져봐야지. 선거에 무관심한 듯해도 이야기가 나오면, 나름 일가견으로 주장이 첨예하다. 마치 조선 후기 당파싸움을 연상시킨다. 정책이나 인물 됨됨에 앞서 지지 정당부터 편 가르고 시작한다. 더 낫다, 더 잘하겠다가 아니라, 상대가 나쁘다는 흑백론 주장이다. 왜 이렇게 흑백 논리로 대중들을 파고들까? 선거라는 진심이 어디에 있는지 모르겠다.

자공이 공자께 묻는다. "동네 사람들이 한 사람을 향해 모두가 좋다고 한다면 그는 좋은 사람인가요(鄕人皆好之何如)?" 충분하지 않다고 답한다. "그럼 모두가 나쁘다고 말한다면 그 사람은 정말 나쁜 사람인가요(鄕人皆惡之何)?" 그러자 자왈, "그 마을의 훌륭한 사람들에게서 훌륭하다고 칭찬받는 사람이 훌륭한 사람이다. 모자라거나 나쁜 사람들이 나쁘다고 말하는 사람도 훌륭한 사람이다(不如鄕人之善者好之, 其不善惡之也)." 공자께서 깔끔하게 정리한 인물론이 맘에 든다.

좋은 사람들이 좋다고 해야 좋은 사람이고, 좋은 사람들이 나쁘다고 평가하면 나쁜 사람이다! 이에 반해 못된 것들이 좋다는 건 나쁜 거고. 못된 것들이 나쁘다고 소문내면 아까운 사람이다! 당선자 수준이 민도라, 사람과 사람 사이에 정성을 들이면 그 사람의 마음도 얻을 수 있기에 우리는 먼저 의심하는 일은 하지 말기를 권한다. 진정, 강한 사람은 남을 이해하는 사람임을 기억하자.

소문만복래

사람의 얼굴에서 신의 모습을 본다는 말이 있다. 사람의 얼굴에서 한 권의 책을 본다는 말도 있다. 주변인 아무나 정해 놓고 말없이 바라보노라면 참으로 각양각색이다. 인격으로 다져진 사람의 모습에서 보이는 선함이다. 내공이란 말을 아는가? 독서와 인성으로 다져진 신의 계시라 본다. 일정한 시간과 공간 속에서 누리는 자기만의 수업이다.

하나, 전체 이미지에 그가 지닌 맑은 명랑함이 있고, 어딘가 어두운 안쓰러움이 들어있고, 고개 숙인 쓸쓸함이 서려 있다. 누군가 허리 굽은 노년의 고단함이 있고, 누군가는 환한 풍요가 있고, 꼿꼿한 카리스마가 있고, 단아한 기품도 깃들어 보인다. 사회적 물의를 일으키는 이들을 들여다보면 모두 측은지심이다. 태생적으로 잘생기고 늠름한 사람일지라도 본바탕을 지키지 못한 경우가 종종 있다. 부실한 신체구조로 타고났어도 부단 노력한 이의 뒤뜰에는 당당한 귀인의 나이테가 서려 있다.

얼굴은 얼의 꼴이다. 얼은 정신이다. 내면이다. 꼴은 겉모양이다. "네 꼴이 뭐냐?"라고 하지 않나. 자기 역할에 자기 책임을 함께하는 단어이다. 부모가 준 얼굴과, 살아온 세월, 마음가짐과 행위가 합하여 드러나는 게 얼굴이다. 너 나 없이 나날이 굳어가는 모습들이다.

요즘 들어 더욱 웃을 일이 없다. 고단한 삶으로 웃음소리가 뒤로 물러난다. 소문만복래(笑門萬福來)라고 하니, 억지웃음이라도 화나는 모습보다 낫겠다. 허허 일단 웃고 보자. 복이 진짜 들어올지 누가 알겠는가? 기다림은 그래서 좋은가보다.

병객에게 배우다

장 속에 깊은 병이 든 사람이 있다. 병증이 얼마나 심한지 언제라도 명의를 만나리라 다짐한다. 어느 날 명의를 만난다. 의원이 여러 증상을 묻는데 아픈 곳이 없다고 병을 숨긴다.

보다 못한 지인이 "왜 병을 숨기는가?" 묻는다. 중병이라는 말을 들을까 봐, 독한 약을 먹으라고 할까 봐 그랬단다. 그러면 명의는 왜 찾는가! 어긋난 행동에 친구가 충고한다. "병이란 깊으면 깊어질수록 약이 독해지는 것이니 그나마 약이 몸에 들어가 차도가 있을 만할 때 고쳐야 하지 않는가!"

지당한 말이다. 나 역시 정기 검진에 필요성을 느끼면서도 차일피일 미루고 있다. 물론 바쁜 점도 있지만. 어떤 질병이 있을 거라는 말을 듣게 될까 주저하는 면도 있다.

조선 선비 최충성의 글이다. 나를 보고 나무라는 듯 뜨끔하다. 원본은 《약계(藥戒)》이다. 본문을 직역하자면, 병증을 열거하면서 병의 원인을 찾아야 하는 점, 이미 깊어가는 증상에 대처법이 나열해 있다. 겉으로 드러난 증상 즉, 이목이 어둡고 어지러우며 팔다리가 시들고 마비되는 증상도 문제거니와 복심의 형세는 더욱 위험하니 시기를 놓치면 편작 명의라도 어찌할 수 없다는 말이다. 그리고 질병을 통해 정치의 부패를 경계하는 것으로 이어진다. 너무 썩어 있으면 누구라도 바로잡기 어렵다는 말이다.

제6부

배움의 도

보릿고개

펄 벅 여사의 작품《대지》속 주인공 왕룽은 가난한 농부로 비천하게 살다가 우연히 보석을 얻어 대지주가 된다. 지독하게 힘든 지난 시절을 되새기며 한평생 토지에 집착한다. 땅이 최고다. 절대로 땅을 빼앗기지 마라, 팔아도 안 된다는 게 유언이다.

《대지》에는 보도 듣지도 못한 기막힌 기아 장면이 그려진다. 천지에 메뚜기뿐! 먹을 것이 없다. 마른 볏짚, 초근목피조차 떨어지자 비적이 등장한다. 보통 사람이 너도나도 비적질하는 것이다.

기아는 '경제적 기아'와 '구조적 기아'로 구분한다. '경제적 기아'는 돌발적이고 급격한 일시적 현상으로 일어난 위기이다. 코로나로 인한 제반 경제 시스템이 멈춘 지금이 그러하다. 이럴 땐, 어느 정도 도움을 주면 일어설 수 있다는 말이다.

'구조적 기아'는 그 사회 구조와, 무력감으로 인해 빚어지는 필연이다. 도움으로 해결할 수 없는 노릇이다. 해결해 줄 수 없고, 그냥 두고 바라볼 수도 없는 상황에는, 자력갱생 정신이 우선이다. 하늘도 스스로 돕는 자를 돕는다는 의미이다.

우리의 보릿고개는 무엇인가? 얼마나 긴 시간을 기다려왔는가? '빈속에 물 한 바가지 마시고 풀피리 꺾어 불던 슬픈 곡조는 어머님의 한숨이었소' 굶는 이와 먹고 남아도는 이가 섞인 세상이었다. 슬픔에서 배움이 없으면, 남이 나를 슬프게 볼 날이 온답니다. 서로 힘이 되자. 미래를 갈아가는 원 팀으로 동행하자.

함정단속

도심 주행속도가 60km→50km로 조정 구간이 늘어 운전에 더욱 유의해야 한다. 교통문제가 나오니 시골 모 경찰서에서 근무하는 박 딱지, 조 딱지라는 별칭의 경찰관이 생각난다. 단속 시 딱지 발부를 많이 했다는 말일 것이다.

지금이야 기계가 속도위반을 증명하고, 신호 위반도 뒤로 붙어있는 블랙박스 덕분에 논란이 줄었다. 음주 역시 측정기가 있어서 확인되며, 불응 도주에도 대안이 있고, 드론과 헬기가 지켜보고 있지 않습니까!

80년대만 해도 기계장치가 없으니, 오로지 교통경찰 눈이나 입에 달려있었다. 단속대상 운전자들도 쿨하게 자인하는 몇몇 외에, 빽 있으면 빽을 보이고 없으면 딴지 걸거나 화내거나 욕을 해대던 시절이다.

내면을 들여다보면, 교통단속을 좋아하는 경찰관은 없어 보인다. 다만 과한 언동이며 함정단속이 과를 불러내는 경우가 있다.

함정단속을 당하고 보면 계산된 포획에 걸린 듯 왠지 즉각 순응하기 어렵다.

중책불벌(衆責不罰)이란 말이 있다. 비록 정해진 법규를 위반했지만, 국민 대다수가 법망에 걸려들었다면, 그 법은 법이 아니란 말이다. 현장을 보완하고 규칙을 고쳐서 민의를 편안하게 유도하는 게 맞다고 본다. 코로나와 생존 사이에, 어쩔 수 없는 위반이 속출할까 염려된다. 자유 평등에서 사회 참정을 지나, 연대의 시대이다. 피차 살기 위한 만남이다. 국민을 두고 능숙한 계산과 전략보다, 진정성이 상통되길 바란다.

그래도 계속 가야지

모처럼 시골에 다녀왔다. 겨우내 수척했던 나뭇가지에 물이 오르고, 어느새 수선화도 수줍게 노란 미소로 마주한다. 집 안팎 꽃밭에는 여린 생명들이 소근소근 봄 이야기를 전한다. 텃밭에는 반갑지 않은 잡풀들이 기세등등 자리하고 있다. 생동하는 자연의 소리와 상반되는 이웃의 안부가 계절과 다른 확실한 불협화음이다. 봄은 봄인데 아직 봄이 아니라는 뉴스를 들어보나 마나 지인들 형편도 들으나 마나 내 일상도 역시 말하나 마나. 얼마나 더 있어야 백마 탄 초인이 오실는지!

책을 펼쳐본다. 어느 조부님의 말씀을 내 안에 접목해 본다.

"얘야, 매일 똑같은 일상 같지만 조금씩 다른 게 사는 모습이란다. 여정 한복판에 역경이 생겼다면 그것으로부터 강인함을 배울 기회로 삼아라. 원래 그런 게 삶이다. 그러니 그냥 받아들여라. 앞날이란 확실함 없는 여행길이다. 다음 목적지에 어떤 사람이 되어 있을 것인가는 스스로 만들어가기에 따라 달라진다. 갈림길에서 네 선택에 따라 지금보다 더해지거나 빠지거나 하는 것인데, 네가 가는 길 그대로 여행을 끝나게 되어있으니 말이다. 정말 이 일을 그만두고 싶을지라도, 다음 대안이 명확하지 않은 한 계속 가야 한다. 비록 연약한 걸음일지라도 한 걸음 한 걸음 지속하는 게 삶이다. 폭풍우란 건 언제까지고 계속되는 게 아니다. 반드시 지나가게 되어있단다. 얘야, 기운 내야 한다! 행복이란, 언제나 서로를 인정하고 그 이상의 배려로 감싸주는 우리들의 세상이다."

매화분

이제 우리 집까지 매화가 환하게 피었으니 매화지절인가 싶다. 매화를 풍요롭게 만나고 싶으면 섬진강 흐르는 광양 매화 동산을 본다. 아름다운 향기와 더불어 마음이 평온해지는 산야의 장관이다. 고즈넉한 분위기 매화의 고장인 호남의 풍경도 생각하게 된다. 환벽, 고불, 대명, 선암매, 고매의 멋이 일품이다. 매화의 모습은 얼마나 아름다운가?

전에 탐매 여행 시절 모셔 온 매화분 하나가 우리 집에 보금자리를 틀었다. 첫 대면에 연분홍 꽃을 화사하게 피운 모습이 참 고왔다. 작은 가지에 어찌 이렇게 꽃을 피울 수 있을까 작은 몸에서 꽃을 피우는 섭리에 자못 감동받았다.

화무십일홍이라더니, 얼마 후 꽃이 졌다. 아쉬운 마음을 아는지 이내 파릇파릇 잎을 피워낸다. 이어서 열매를 맺는다. 입 자리에 달린 매실이 매일 자라는 게 보인다. 그저 바라만 봐도 좋은 분재는 하루의 위안이 되고도 남는다.

집 안에 식물이라곤 매화분재 그 하나뿐이다. 아무리 바빠도 2~3일에 한 번은 눈길을 주고 살피는데 어느 날부터 분재 잎이 자꾸만 시들시들하는 것이다. 물을 너무 많이 주었는가? 물이 적어선가? 아니면 햇빛을 덜 봐서 그런가? 알 수 없는 일이다. 하루 날 잡아, 매화분을 끌어 안고 시들어가는 까닭이 무엇인지 살피는데, 온 줄기마다 진딧물이 다닥다닥 붙어있었다. 깜짝 놀랐다. 어찌할 바 몰라 화원에 황급히 질문했다. 목초액을 뿌리면 된다는 간단한 대답이다. 진딧물은 제거했으나 그간 온 가지에 받았을 고초를 생각하니 안쓰럽다.

여운이 남는다. 그렇게 나의 매화분은 떠나고 말았다. 만물이 살아가는 방법은 다양하지만, 정말 진딧물은 아니다. 저 하나 편히 살자고, 타의 귀한 생을 말라 죽게 하니 말이다.

사자의 몫

사자가 나귀와 여우를 데리고 사냥을 했다. 모두 함께 노력하여 많이 잡았다. 사자가 나귀에게 공평하게 나누라고 한다. 나귀는 세 등분으로 똑같이 나누었다. 갑자기 기분 나빠진 사자가 매우 분노하며 나귀를 잡아먹는다. 여우에게 다시 나누어보라고 한다. 여우는 사냥한 것 중에서 제일 좋고 큰 덩어리를 사자의 몫으로 정하고 자기는 극히 작은 일부분을 갖는다. 기분이 아주 좋아진 사자가 여우를 칭찬하고 어디서 그런 지혜가 나왔는지 물었다.

"나귀의 신세를 보고 알았지요."

여우의 대답에서 가까운 사람의 불행을 보고 나서 분별을 알게 된다는 교훈을 얻는다. 강자가 많은 몫을 차지하는 동물의 세계를 보면서 우리 인간 세계도 다를 것 없다는 생각이 든다. 옛 시 한 편을 소개한다.

조선 중기 면앙정 송순 선생이 지은 〈거지의 노래〉이다.

'나는 본래 살만한 사람으로 남부러워하지 않고 살아왔다, 알 수 없는 것이 인간사라, 갑자년 여름에 미친 왕이 나타나, 아침저녁으로 나온 법령마다 독사 같고 호랑이 같아, 폭풍 우뢰 피하지 못해 하루아침에 거지꼴, 몸 하나 간수할 곳이 없어 아내는 동쪽이요, 자식은 서쪽, 나는 남쪽으로 구름처럼 빗물처럼 흩어져서 천지간에 아득하게 되었소. 그래, 죽지 못해 목숨을 부지하고 있으니 내게 밥 한 술 주시오'

시절이 어수선하다. 어찌할지 모르겠다는 민초들의 언동이 늘어간다. 무심의 여신이 세상을 지배하고 있습니까! 폭력이 지성을 능멸하고 있는 것입니까! 날이 갈수록 불확실한 미래에 염려가 늘어난다. 새 날 강력한 중심축이 필요한 시점이다.

차 한잔하시겠어요?

차 한잔하시겠어요? 불현듯 차 한잔하자는 말을 해본 적 있습니까! 아니 들어본 적 있습니까! 아니면 지금 당장이라도 마주하고 싶은 이름이 있습니까! 생각해보니 그럴 만한 아스라한 모습이 눈앞에 어른거리십니까! 무작정 걸음 뒤 작은 찻집을 만나고 싶진 않습니까!

언제 차 한잔합시다! 일상에서 가벼운 대화나 무거운 대화나 다양한 사정으로 잠깐 차 한 잔 나눌 수 있는 경우가 얼마나 있을까? 조심스러운 만남도 차 한 잔 대접으로 시작한다. 진한 그리운 사연도 차 한 잔으로 시작되는 경우가 많아 보인다.

애틋한 연인들이 고즈넉한 장소에 찻잔을 마주하고, 웃음꽃 핀 모습이 참 예쁘다. 내 다시 진정 그 시절로 돌아갈 수 있다면 얼마나 좋을까? 저들처럼, 아니 저들보다 더 고운 풍경을 만들어 내리라는 상상의 날개를 폈다가, 접다가, 꺾다가를 반복하는 일이다.

요즘 어딜 가나 그림처럼 예쁜 찻집이 있다. 지금 당장은 바다가 그림처럼 보이는 그 찻집이 좋겠다. 노을 바라보며 여태껏 못 해본 언어를 표현해 보는 것도 괜찮을 것 같다. 우리 차 한잔합시다.

따뜻한 표현은 해야 맛이라는 수식어가 생각난다. 대중적인 언어가 아닌, 상업적 언어가 아닌, 식상한 언어가 아닌, 하나의 시선으로, 하나의 마음으로 듣고 싶고, 전하고 싶은 분명한 날이 있는가 보다. 요즘 운신의 폭이 좁아진 탓이다. 이 타임머신 따라 대책없이 돌아다닌다.

일상에서 탈출하는 기본적인 대화가 서로의 차 한 잔 대화로 풀어가는 지혜를 얻는다면 얼마나 아름다울까? 생각은 누구나 할 수 있다. 하지만, 남을 대접하고 친절하게 응대하는 일은 누구나 하지 못한다. 가정에서 직장에서 조용한 차 한 잔의 문화를 만들어 봄은 어떨까 생각해본다.

자격

나라가 어수선하여 잠시 이웃 제나라로 간 공자님! 제나라 군주 경공이 공자님께 묻는다. 대저, 나라를 잘 다스리려면 어찌해야 하는지 한 수 가르침을 주소서, 이때 "군군신신부부자자"라는 말이 나온다.

'네 할 일 네가 해라. 신세 지지 마라.' 우리 아버지의 가르침이다. '책임을 다하자' 중학교 때 급훈이다. 그 자리에서 꼭 필요한 사람이 되어라! 대학 OT에서 들었다. 이러한 말들이 어디 여기서만 나왔을까? 고서는 물론 현재 도처에 나오는 역할론이다. 자리에 마땅한 이름 정명이다. 명실상부이다.

나랏일에 꼭 마땅한 선량이, 동네 이장 일을 본다면 아까운 노릇이다. 동네 이장일도 버거울 만한 인사가 나랏일을 하겠다고 버티면 나라 꼴이 국격이 어찌 되겠는가! 내가 선 자리를 돌아보자. 마땅한지, 넘치는지, 자기가 자기를 알 것이다.

실은 모처럼 집안일 하면서 내 역할을 잘하나 반성 중이다. 행복은 자기가 선 위치를 망각하지 않는 것과 비례한다. 부부, 부모 자식, 친구 사이에도 격이 비슷한 만남이 제일이다. 일반적으로 잘 만났다는 건 상대의 배려와 노고, 나아가 희생이 전제된다는 의미가 아닐까?

떠나고 싶다!

조금 흐릿한 하늘이다. 하늘빛만큼이나 흐린 소식으로 도배한 뉴스 창이다. 안녕하십니까! 안부를 묻기조차 저어한 시절이다. 눈 뜨자마자 숫자세기에 촉각을 세우고 있다. '이 또한 지나간다'는 말을 새기면서 달력을 헤아린다.

창밖 나뭇가지 흔들림을 보니 작은 바람결이 지나는가 보다. 마음과 달리 창문을 활짝 열 수 없다. 창문의 용도라는 게 필요에 따라 열기도 하고 닫기도 하고 그런 것 아닌가. 그런데 요즘은 창문을 열기보다 닫는 게 주된 목적인 듯하다.

"어디론가 훌쩍 떠나고 싶다!" 이건 아마도 지병인가 보다. 바람 부는 날이면 바람이 불어서 바람처럼 떠나고 싶다. 촉촉하게 비가 내리면 역시나 우산 속 오솔길을 동경하게 된다.

함박눈 쏟아지는 날이면 마음은 이미 눈길을 걷고 있다. 충동은 젊음의 단어인 줄 알았는데. 바람처럼 물결처럼 흩날리는 눈발처럼 세찬 소나기처럼! 언젠가 청아한 숲길, 꽃길, 들꽃, 시골길, 논두렁, 밭두렁, 끝 모르는 길 떠나고 싶은 심경은, 세월과 무관하다는 사실이란 말이다.

누가 발길을 붙잡고 있는가! 누가 발길을 막아서는가! 실은 익어버린 일정에 묶여있을 뿐이다. 일정이 여유로워도 선뜻 나설 수 없는 이 시절이 답답함을 가중한다. 이럴 땐 느슨한 가짐을 찾아 내 스스로 다독이는 게 제일인가 보다.

즐거운 편지

"내 그대를 생각함은 항상 그대가 앉아있는 배경에서 해가 지고 바람이 부는 일처럼 사소한 일일 것이나, 언젠가 그대가 한없이 괴로움 속을 헤메일 때에 오랫동안 전해오던 그 사소함으로 그대를 불러보리라.//진실로 진실로 내가 그대를 사랑하는 까닭은, 내 나의 사랑을 한없이 잇닿는 그 기다림으로 바꾸어 버린 데 있었다. 밤이 되면 골짜기에 눈이 퍼붓기 시작했다. 내 사랑도 어디쯤에선 반드시 그칠 것을 믿는다. 다만 그때 그 기다림의 자세를 생각하는 것뿐이다. 그 동안에 눈이 그치고 꽃이 피어나고 낙엽이 떨어지고 또 눈이 퍼붓고 할 것을 믿는다."

황동규 시인의 〈즐거운 편지〉 전문이다.

편지라 하면 청마 유치환 선생의 편지가 더불어 떠오른다. 사랑을 하는 것은 사랑을 받는 것보다 행복하다 하여, 이영도 여사를 향하여 5천여 통을 썼다는 그 편지를 말한다.

함박눈 하면 문정희 시인의 '눈부신 고립'이란 의미가 환상으로 그려진다. 또 하나 있다. 가난하다 하여 사랑을 모르겠는가 하며 가난한 연인의 애틋한 사랑을 그려내던 신경림의 시어도 연결이 된다.

〈8월의 크리스마스〉가 방영된다고 하는데, 원래 제목이 즐거운 편지였다기에 연관어를 꺼내 본다. 소박하고 진솔한 사랑, 이런 정서를 내포할 수 있는 연륜은 어디쯤일까! 내면에 묻는다. 나이가 들었다 하여 사랑을 모두 잊은 척 덤덤해야 하는가!

깊어가는 가을에 낙엽을 보며 생각에 잠겨본다. 가을은 편지와 어울리는 계절이고, 우리들의 마음도 편지와 함께 머무는 시간이다. 시인이 시를 써 내려가듯 편지의 글귀도 내 마음을 사로잡는다.

과목

가식 없는 나의 것만 남았다. 무섭고 춥다는 생각뿐! 그것만이 온전한 나의 것이었고, 그 느낌들은 절실하고도 세찼다. 소슬하게 떨고 있는 나무, 그러나 봄날에 대한 믿음과 기대로 의연히 서 있는, 빈 가지에서 소망을 기대하는 이야기 과목!

언젠가부터 빈 마음, 빈 둥지, 빈 가지, 비어있다는 의미에 관심을 갖기 시작했다. 특히 지금처럼 한 해를 시작하는 시점이면 더욱 그렇다. 지난 일 년은 어찌 보냈는가! 헛된 망상이나 부질없는 기대로 아까운 시간을 보내진 않았나 생각해본다. 나름 정돈하며 새해맞이 계획을 세워본다. 여러 계획 가운데 내 자신만 들여다보면 비교적 간단하다. 연속성이다. 보완 보충이고 채움이 계속되는 것이다.

하지만 가까운 인연을 두고 새해를 시작하는 데는 빈 마음으로 출발해야 할 듯하다. 내면을 비우지 아니하고는 진정성을 채울 수 없다는 말을 담아본다. 적어도 사랑하는 사람을 두고는 빈 마음으로 시작해야겠다. 나 역시, 살아가면서 이해를 염두 하지 않을 수 없지만, 우린 이해 계산보다 높은 차원을 나누고자 한다.

온갖 소리가 익숙한 시대요, 무정한 인심도 보지 않았습니까! 나목으로 마주 선 우리, 여생을 짐작해야 할 시기이긴 하지만 아직은 고목은 아니다. 오는 새해도, 연둣빛 봄과 무성한 초록 고운 단풍지절 결실을 이야기할 수 있을 것이다.

그해 겨울은 따뜻했네!

눈(雪)이 너무 많이 내린다, 싶으면, 그만 좀 내리길 바란 적이 있다. 어디선가 누군가가 이런 바람을 들어준 것인지, 올겨울 제대로 된 눈 풍경을 만나지 못했다. 뉴스를 들어보니 덕분에 각 지역 겨울 특수에도 차질이 있는 모양이다.

심정적으론 어린아이나, 젊은이들 못지않게 설국을 그려보곤 한다. 정말 나이를 먹긴 먹었나 보다. 눈꽃 축제며 눈썰매, 스키, 겨울 낚시 같은 동적인 것보다 정적 자리에 마음 길이 동하니 말이다. 벽난로와 차 따뜻한 시선이 그리운 지금이다.

'그해 겨울은 따뜻했네' 과목의 작가 박완서 님의 기일이라고 한다. 한 때, 그분의 저서를 탐독하며 감동하던 시절이 있었다. 《그 많던 싱아는 누가 다 먹었을까?》, 《그 여자네 집》, 《그 남자네 집》 모두 나와 관련된 이웃처럼 실감 날 정도의 필력이었다.

작품 속 그해 겨울은 결코 따뜻하지 않았다. 6 · 25 동란을 배경으로 가족 간 경제며 감성의 해체가 오가는 당시를 엿볼 수 있었다고나 할까! 작가 자신의 어린시절이 배경일 수도 있는 그 시절 겨울 이야기에서 나는 그리 따뜻함을 느끼진 못한 것 같다.

문학 세계는 당대 현실을 배경으로 두는 것이 대부분인 듯하다. 혹시나 수년 후, 올겨울을 회상할 때, 따뜻한 겨울이었다고 추억할 수 있을는지 자문해 본다. "그래 2020년 그해 나의 겨울은 충분히 따뜻했었지!" 그리 말할 수 있을지! 추억에 잠기어 본다.

마음의 밝음

오랜만이다. 오늘도 겨울바람이 춥다. 하필이면 이렇게 추운 날, 바다를 바라보고 싶다던 말씀을 떠올려본다. 가장 여유로운 마음일 때, 넓은 바다 크고 작은 파도를 배경으로 두고, 오래도록 바라보는 것도 한 풍경이겠다.

무인 등대 이야기가 나온다. 바다에 등대가 없다면 어찌하겠느냐? 아니 어찌 되겠느냐? 단지 고기잡이를 위한 등대가 아닌, 마음의 밝음으로 보라는 말이다. 그 의미를 상기한다. 동서 성현들 어록 가운데 가장 많이 나온 단어가 마음길이라고.

마음 안에 밝음을 지닌다는 것은, 바다의 등대와 같다는 이치를 설명하고 싶었나? 도심의 어둠보다 바다의 어둠은 더욱 두려울 듯하다. 어디가 어디인지 가늠할 수 없는 망망대해를 그려보자니, 약한 등불이라도 불빛이 필요하겠다.

세월의 흐름 따라 관계의 연결고리를 자꾸만 생각하게 된다. 내 마음에 밝음은 어느 정도인지, 가늠해 본다. 큰일이란 게 진정 큰일인지, 작은 일상이 진정 작은 일인지, 이해득실에 밝은 불을 켜고 있지는 않은지 진지하게 돌아보는 중이다.

빈 계절이다. 차가운 바닷바람도 한 계절 소리로 지나가지만, 산사 고요한 숲길도 거닐어봄 직하다. 노송 사이를 스치는 맑은 바람 소리가 방하착을 전해준다. 한때 그리움이며 현재 애틋함이며, 모든 인연이란 게 솔바람 스치듯 지나갈 것을~!

일기(日記)

나를 알아가는 일은 자기의 삶을 돌아보는 길이다. 나이를 먹는다는 것은 그만큼 살아가는 길을 비추는 것이다.

나이가 자기보다 배가 되면 아버지처럼 섬기고, 열 살이 위면 형님처럼 다섯 살이 위면 친구로 사귀어도 된다. 《예기곡예(禮記曲禮)》 한 구절을 놓고 학동들이 장난을 친다. 열 살이면 스무 살이 아버지고 팔십이면 백육십이 아버지라 하면서. 나이 많음을 개의치 마라. 지위 높음을 개의치 마라. 형세의 세력을 개의치 마라. 벗이란 상대의 덕을 가려 사귀는 것이니, 여기에 무엇을 게재시켜서는 안 되느니라, 라는 《맹자(孟子)》 구절에도 토를 단다. 요즘이라면 뭐라 말씀하실 거라는 추정이다.

의리 없는 친구를 피하고 어리석은 사람과는 사귀지 마라. 현명한 벗을 사귀고, 나보다 훌륭한 사람을 따르라는 《법구경》에는 법구경 잘 했다는 소감들이다. 언제는 따지지 마라더니 언제는 따져보라 하고 억지시지히지면 벗을 사귀기 힘들겠다.

학문의 정도도 시의적절해야 한다. 얄개들이 냉큼 받아서 접수하기를, 항문의 정도도 시의적절해야 한다고 말한다. 노하기를 더디 하는 자가 성을 빼앗는 장수보다 낫다, 어디서 본 글귀를 새기며 마음자리를 다독인다.

종소리는 치는 대로 난다고 한다. 잘 쳐도 소리가 나지 않는 종은 세상이 버렸거나 깨져 쓸모가 없다는 말이다. 대저 사람이란 사랑하면 따라온다고 하지요. 진실로 사랑하는데 모르거나, 따르지 못하는 이는 끝내 외롭다는 말을 새긴다.

단풍 길

'봄'의 시작은 두말할 것 없이 남녘으로부터 시작된다고 한다. 탐매 여행 남도 여행 겨우내 움츠렸던 마음에 온기를 주는 정감 어린 남도 여행은 매년 변함없는 기대를 불러낸다. 남도 특유의 연초록 은은한 바람결과 산수유로 시작되는 봄!

사군자 지조일번 매화를 보러 많이도 돌아다녔다. 환벽매, 고불매, 대명매, 선암매, 섬진강 매화 동산으로 매화가 질 무렵이면 산수유와 벚꽃이 온 세상을 뒤덮는 듯했다. 곳곳마다 꽃의 향연이요, 꽃잎 수만큼이나 인파가 넘실대는 봄!

여름, 가을! 가을마저 뒷모습을 보이려는 지금이다. 어제, 계획에 없는 단풍 길을 걸었다. 의왕 백운호수 둘레길이다. 처음 본 풍경이다. 익숙한 느낌이 들었다. 아마도 우리 산하가 비슷한 까닭인가 하다.

단풍을 알려주는 설악을 시작으로 오대산 치악산이 거의 물들 무렵 우리 동네가 물들고 우리 동네가 물들고 나면, 지리산도 노고단 천은사 천황봉 정상까지 단풍, 단풍으로 물들 것이다. 가을은 두말할 것 없이 북녘으로부터 시작된다. 공평하다. 여수동좌라, 봄꽃은 누구와 함께 보러 갔나요? 단풍 길은 누구와 함께 걸었나요? 아름답고 정겨운 시공을 완성하는 것은 결국 함께하는 이라 하겠다. 자아를 닮은 이, 품성을 닮고 싶은 이, 진정 편한 이와 함께 하는 곳이 최상의 풍경 같다.

가을 단풍이 아름다운 것은 누구와 함께 걷는 이유와 마음의 쉼을 보기에 따라 즐겁게 이끌어 주는 환경의 변화이다. 가을을 만끽하며 형형색색의 조화를 보는 기쁨은 최고의 찬사를 받기에 충분하다.

가을바람

바람결이 싸늘하다. 단풍도 하나둘 낙엽으로 돌아간다. 떠날 때가 언제인지 스스로 깨닫고 떨어질 줄 아는 낙화처럼 낙엽 또한 그런 걸까! 같은 가지에 태어났지만 서로 가는 줄 모르고 헤어지는 낙엽에서, 인생 한 자락을 느끼게 된다.

어느새 가을 어느새 또 한 계절이 가고 오고 그러하다. 덧없는 세월이다. 그럴까? 과연 세월이 덧없는 걸까? 아니면 내가 세월을 덧없이 무심히 흘려보내고 있는 것일까? 싸아아 바람 소리에 올가을도 뒷모습이 보이는 듯하다.

"가을엔 떠나지 말아요, 차라리 하얀 겨울에 떠나요" 가수 최백호의 노랫말이 가슴에 와 닿는다. 맘속에 이해된다는 뜻이다. 가을 나무에서 잎이 떨어지듯이 인생의 나이도 하나씩 떨어져 내가 서 있는 자리를 내려다본다. 이별이라니요, 차라리 하얀 겨울이 낫겠다.

한 해 결실을 해산한 몸이다. 푸른 잎, 붉은 잎, 할 것 없이 모두 벗어던진 빈 가지의 솔직함 아니겠습니까! 어쩌면 허무조차도 없을 것이다. 이번 가을은 잠깐 걸음으로 뒷동산을 거닐며 단풍을 갈무리한다.

아쉬움 삭이며 몇 년 전에 만났던 지리산 천황봉 산허리를 떠올린다. '단풍' 한 단어로 설명할 수 없는 거대한 융단이었다. 초록 바탕에 붉은 아주 붉은 덜 붉은 혹은 노랑 혹은 주황인 듯 혹은 금빛인 듯, 그 찬란한 시간을 다시 만나 볼 수 있을까?

약방 할머니

목수 아내로 살아가는 여인! 남편은 대목수가 아닌 그저 뒤에 수습하는 정도의 목수이다. 일거리도 있다가 없다가 그저 그렇다. 일거리를 찾아 지방에라도 가게 되면, 보름을 넘어, 한 달이 되어도 못 올 때가 있다. 그러더니 어느 사이 아예 소식이 끊길 때도 있다.

애들은 여섯이나 되니, 먹고 살아가는 일이 캄캄하다. 닥치는 대로 일을 한다. 막막한 살림살이가 너무 힘들어 뛰쳐나가고 싶기도. 죽고 싶기도 하다. 힘들 때마다 수시로 약방 할머니를 찾아가서 하소연을 한다. 그 앞에서 울기도 하고, 더러는 한없이 앉아있다가 돌아온다.

성석제 작가가 쓴 《약방 할매》의 내용이다. 아들의 시점에서 바라본 이야기이다. 너무나 안쓰러운 어머니가 혹시 도망갈까 두려운데, 어머니를 위로해주는 약방 할머니가 고맙다. 언제 한번 인사라도 드리고 싶은 약방 할머니는 알고 보니 집 뒤에 있는 산중턱 '너럭바위'였다. 삶이 고단하고 막막할 때마다, 그 어머니는 산 중턱의 너럭바위에 앉아 마을을 내려다보며, 스스로 위안하고 마음을 다잡곤 한 것이다.

소설 속 어머니를 닮았던 우리 어머니가 생각난다. 어느 날, 우두커니 먼 산을 바라보던 모습, 어머니도 그때 그리 막막했었나 보다. 가까운 사람이 힘들게 할 때, 곱고 밉고가 아닌 그저 막막한 심경 가눌 길 없을 때가 있다. 어머니의 시절은 더욱더 그랬을 테지요. 그때마다 어머니의 약방 할머니는 누구였을까! 무엇이었을까! 어디를 향해 하소연하며 심경을 다독였을까! 이제야 우리 어머니의 약방 할머니를 생각한다.

할머니는 순수의 존재이시다. 따스한 품 안에서 손으로 다독이시는 사랑은 어찌 말로 다 표현이 가능할까? 시간이 지나도 할머니의 손길은 잊을 수 없다.

범 내려온다

한동안 TV 프로그램 '미스 트롯', '미스터 트롯' 열풍이 불었다. 다들 기막히게 노래를 잘 부르는데, 더욱 특별한 점은 유망주의 발굴에 관심이 간다. 한 신동이 부르던 노래 〈범 내려온다〉의 의미를 생각해보는 중이다.

용왕님 병을 고치려고 토끼 생간을 구하러 온 자라 충성 하나로 자라가 육지에 온 이야기이다. 그러나 한 번도 본 적 없는, 토끼를 찾으려니 어렵다. 여기저기 헤매면서 토끼를 부른다. 토 선생, 토 선생, 몇 날 며칠 지나다 보니 기력이 떨어져서 발음이 다르게 나온다. 토~ㅎ~선생! 호~선생! 호~선생 어디 계쇼! 숲속에서 낮잠 자던 호랑이가 이 소리를 듣는다.

"엥? 누가 나를 부르는겨? 부르는 소리가 간절한디~ 뭐여?"

소리 나는 쪽으로 어슬렁어슬렁 호랑이가 내려온다. 납작한 게 엎드려 있다. 너는 뭔 동물이라냐! 산중에서 볼 수 없는 생물이로다. 뭐라, 잘못 불렀다고? 이름하여 잠자던 범이 자신을 부르는 줄 알고 내려오는 것이다. 범 내려온다~

위풍당당한 범의 모양새가 장관이라 깊은 송림골에 한 짐승 내려오는디, 얼숭덜숭 몸뚱이에 주홍입 쩌억 벌리고 워리~렁~하는 소리 하늘이 무너지고, 땅이 툭 꺼지며 좌르르르르르 흙모래 뿌리면서 범 내려온다.

자라 헛소리에 산중 호걸이 걸음 하는 장면을 새긴다. 삶이란 게 주변인들과 연계되어 살아가게 되어 있지만, 타인에 의해 좌고우면하지 않는 것도 자기 의지이다. 현재의 모든 상황 모든 사고와 언행은 내 안에 있다.

병상일기(1)

무릎인대 파열인 줄 모르고 방치했다가 입원하였다. 입실하기 무섭게 환자들끼리 호구조사와 동병상련이 오고 간다. 먼저 수술하신 분이 수술 통증의 강도가 어떤지 신참 겁먹기 충분하도록 반복하며 알려준다.

병원에서의 밤이 익숙하지 않다. 쉬이 잠들지 못할 줄 알았다. 예상대로 뒤척이고 있다. 멀리 차가 지나가는 소리, 옆 침상에 어르신의 코 고는 소리 살금살금 야간 근무 간호사 발소리, 소리, 늙으면 잠이 없다고도 하고, 늙으면 귀가 어두워져 무슨 소리를 잘 듣지 못한다는 말이 있지 않습니까! 잠은 안 오고, 주변 소리는 잘 들리는 지금 이 현상은 어떻게 해석해야 할까? 죽은 듯 잠들고 싶다.

《계로록》의 가르침처럼 닮고 싶은 이, 닮고 싶지 않은 이를 떠올리며 인생 후반부 병상을 본다. 같은 환자복에 다른 이미지이다. 환자들의 반응과 앓는 소리에도 격이 있다면 과장된 표현일까. 왠지 그래 보인다. 암튼, 어쩌다 어른이고 노인이고 환자가 되었다. 평생 기를 쓰고 노력한 게 오늘 이 모습이다.

내 나이에 적합한 격조라든가 기품이란 걸 생각하고 현재를 가늠하노라면 참으로 아쉬움 투성이다. 노인을 대하는 태도가 좋지 못한 세상이다. 세상이 각박하고 야속하기도 하지만 우리네 기품 역시 돌아볼 필요가 있어 보인다. 이순, 자기 경륜만큼 천명에 유순해지는 모양이다. 온기와 유덕함을 품고 싶다.

병상일기(2)

매일 만나는 사람들, 자주 접하는 사람들과 나누는 대화는 말, 그대로 일상적 언어이다. 특별한 뉴스가 아닌 이상 상례적이다. 그런데 입원하는 동안, 만난 분들과는 대화를 나누며 여러 가지 생각이 들었다.

병원과 교도소는 절대로 가면 안 되는 곳이라 한다. 병원행도 내 자신을 제대로 돌보지 못한 행실의 오류 결과라 후회한다. 입원해서 며칠 있는 사이 병원도 교도소 이야기와 공통점이 많다는 것을 실감한다.

일단은 자유가 없다. 내 맘대로 어딜 나다닐 수 없는 점이 제일 갑갑하다. 코로나 시절이니 면회도 자유롭지 못하다. 누가 좀 면회를 온다면 그 시간에, 한 사람만 와야 한다는 규칙이 교도소와 다를 게 없다. 누구든지 자주 찾아와서 먹거리도 넣어주고 돈도 주고 챙기는 이가 많을수록 그 안에서 행세한다는 점, 왕년에 어느

직위와 상관없이 똑같은 옷을 입고, 주는 대로 먹고 그곳에서 지시하는 대로 따르며 지내야 하는 점도 같다. 특히 도덕성이란, 그 사람의 언어에 대한 관념으로 알 수 있다는 말이 떠올랐다.

물론 병동이라는 특수성이 대화의 명암을 주도한 면도 있다. 소득이 있다면 더 나이 들어 마지막 내 모습을 유추해 본 계기라고 할까, 조금 막연하지만 평소에 덕과 선행을 쌓는 길이다.

서글픔과 상념이 절반인 생의 끝자락에 무슨 말을 할 수 있을까! 한 세상 만났던 지인들의 다정한 안부, 그리움, 따뜻한 정, 이것이 인생의 결산이라는 생각을 해본다.

진통제

진압할 진(鎭), 아플 통(痛), 약제 제(劑). 새벽녘에 진통 주사를 맞았다. 못 견딜 정도로 아파서 맞은 게 아니라, 잠들고 싶어서 맞았다.

잠은 보약이다. 약효 덕분에 무릎 통증은 덜한 듯했지만 잠자는 데는 도움이 되지 않았다. 그야말로 한숨도 못 잤다. 세상에 어쩌면 그리 잠이 안 온다. 눈이 뻐근히 아프고 머리도 무겁고 어질어질하다. 무릎 고치러 왔다가 다른 병을 얻어 가진 않을까 염려된다.

수면제를 받을 걸 그랬다. 잠 못 이루는 자에게 밤은 길고, 피곤한 나그네에게 길은 멀고, 올바른 가르침을 모르는 어리석은 자에게 윤회는 아득하다는《법구경》의 한 구절을 온전히 대입한다. 그랬다. 짧은 여름밤이 참 무던히도 길었다.

여명, 병실은 새벽부터 불이 켜지고, 밤사이 안녕을 확인하러 다니는 간호사들의 목소리가 낭랑하다. 혈압을 재고 체온을 재고, 어디가 더 불편하지 않은가 꼼꼼히 살핀다. 직업의식이든 천성이든 기특하다.

마음의 진통제를 생각해본다. 마음이 혼란스럽고 힘겨울 때, 한순간 단번에 진정되는 특효약이 있으면 좋겠다. 의지 정신력에도 자기 한계가 있기 때문이다. 약물적인 해법이 아닌, 정신적 해법이다. 내 안의 본질을 들여다보면 절반은 외로움이요 절반은 그리움의 세포로 이루어진 듯하다. 아닌 척 꿋꿋하게 사는 듯싶어도 쉽게 무너지고 부서진다. 결국, 지극한 상황에선 나만의 신을 찾는 나약한 인생이지 싶다.

우리 동네 사람들

하얀 가운을 입고 묵묵히 김밥을 파는 아주머니가 있다. 손길이 바쁠 것도 없고, 느릴 것도 없고 늘 같은 자리, 같은 모습으로 김밥을 만든다. 직접 만든 속 재료를 풍성하게 넣어 만든 맛있는 김밥이다. 작은 트럭에 각종 야채와 과일을 싣고 다니면서 장사를 하는 아저씨가 있다. 매일 새벽시장에 가서 가장 싱싱한 물건을 받아 온다. 물건에 대한 자부심이 큰 아저씨의 장점은, 늘 활기차고 웃는 모습에 있다.

〈우리 동네 두 예술가〉라는 제목으로 중등 국어 교과에 실려 있다. 언제든지 마주할 수 있는 평범한 이웃 이야기를 맛깔나게 그려낸 이야기이다. 일상에서 자기 맡은 일에 최선을 다하는 이웃들을 담았다. 그 말에 거짓이 없고 언제나 바른 행동을 하는 사람, 자기 역할에 충실하다면 양반 상민 가릴 것 없이, 그가 바로 의인이요 선비라는 공자의 말이 있다. 우리 동네 사람들을 떠올리니, 비슷한 이미지 몇 분이 생각난다.

사계절이 아름다운 중앙공원 주변은 학군 좋은 아파트 단지이다. 이 동네에서 20년째 살아간다. 행보가 그리 넓지 못한 관계로 아는 이웃이 별로 많지 않다. 그래도 불량보다 선량이 많은 우리 동네 이웃 이야기이다. 언제고 내 글솜씨가 늘어나면 쓰고 싶은 주제이다. '이웃 이야기'를 비롯해서 내가 만난 사람들, 특별히 잊지 못할 인연. 제자들 이야기, 여행과 독서에 대한 느낌들을 아낌없이 그려내야겠다. 그런 마음을 다시 새겨본다.

바람과 햇살

“사람은 덕으로 살아야 한다. 선량한 마음이 최고다. 재산, 명성, 외모로 사는 게 아니지 않나!” 논어에서나 나올 법한 글을, 서양 철학자 디오게네스의 이야기에서 만난다. 타국 타지에서 친구를 만난 듯 반갑다.

당대 최고 권력자 알렉산더 대왕이, 소원이 무엇인지 말만 하면 다 들어 주겠다고 했을 때, 도움 같은 소리 그만두고 지금 햇빛이나 가리지 말라던 그 디오게네스이다. 덕성과 선량의 철학자이다.

어느 현명한 왕이 후대 남길만한 격언을 준비하는데 말이 길어, 요약하고 줄인 결과, 세상엔 공짜는 없다는 말로 귀결된다. 지당한 말은 동서양 고금을 막론하고 상론의 가치가 동일하다.

합리적 부귀영화는 드물다. 가여운 근로 침해, 빠른 이해관계 속에 쟁취되는 표리부동의 한 글자 부, 포장하기에 충분한 부, 없는 자의 선망인 부! 부자 곁에는 오로지 수직적 관계로 존재할 뿐일까?

예전부터 덕을 중시한 까닭을 알겠다. 부자 되기도 힘들지만 덕을 쌓기는 더더욱 힘들기 때문인가 하다. 부는 남의 희생을 전제해야 하고, 덕행은 자기희생을 전제 하에 차곡차곡 쌓아 만든 양심의 뜨락이나.

부유도 덕도 없이 한 생이 저물어 간다. 업적은 없지만 민폐도 없으니 평이한 생이라 자평하며 귀거래사 흙에 노래를 불러본다. 바람과 햇살만으로도 충분한 텃밭 시골집 채소밭의 푸른 그림, 나만의 뜨락을 노래한다.

박제

이미 죽은 동물을 내장을 빼내었다. 화학처리를 해서 살아있는 것처럼 창조하는 행위를 박제술이라 한다. '박제가 되어버린 천재를 아시오?' 심리주의적 작가, 이상의 〈날개〉 서문에 시작되는 말이다.

이렇게 살면 안 되는데, 이렇게 살아가는 사람이다. 소위 배울 만큼 배운 사람인데 자의식대로 살지 못하는 무기력한 사람이다. 왜 사는지 모른다. 무슨 말을 하려는지 줄거리가 정리되지 않으나 알 것 같다.

화가 친구가 그린 그림에선 멋진 남자로 묘사되는데, 막상 본인은 자기 모습을 부인한다. 거울 속의 나는 참 나와 반대며 또 꽤나 닮았다고 표현한다. 현재는 이냥 살고 있지만, 결코 이렇게 살고 싶지 않다는 의미이다.

아니나 다를까 이상은 스물일곱에 요절한다. 1910년에 태어난

해부터 일제강점기이니 불운한 시대이다. 시대가 그렇거든 아내라도 잘 만났더라면 좋았을 것을 작가의 생애를 들여다보면서 안타까움으로 빠져든다.

글은 곧 그 사람이라고 한다. 글 속 성정에서 작가의 내면을 유추한다. 글 속 주인공이 자신일 수 있고, 주변인일 수 있다. 그 시 대상을 짐작하며, 이 시대를 대입해 본다. 누군가를 비슷한 사람을 대입해 본다.

심중의 갈등을 말로 다 하지 못해, 글로 써 보지만, 이도 심중을 대변하지 못하는 경우가 있나 보다. 날고 싶다 날아가 보자! 현실과 제 의식의 흐름이 상충할 때, 날아가고 싶은 심리를 아는가! 나도 작가의 말에 동조한다.

말(言)

친구가 사주팔자를 보고 왔다. 철학관 선생이 생년월일을 따져보고, 얼굴을 찬찬히 살펴보더니 단박에 "말로 먹고사는구먼!" 한다.

재주가 여럿인데, 제일 뛰어난 재주가 말솜씨라는 거다. (하긴 내가 말을 잘하긴 하지, 그렇지만 말로 먹고사는 건 아닌데 싶어서) 직장을 그만둔 지 오래됐고 지금은 손주 보면서 놀고 있다고 했다. 그리지 철학관 선생께서 목소리를 높이며 "그래서 아깝다구!" 재주를 제때 펼치지 못한 게 아깝다 하며, 안쓰럽게 바라본다. 모든 게 사주팔자대로 살아야 하는데 天. 地. 人을 제때, 마땅히 못 만난 탓이라, 아깝다고 자꾸 그러니까, 자기가 아깝게 생각된다며 웃는다.

그래요. 말(言)을 중심 삼는 직업이 많기도 한다. 판검사 변호사를 비롯해, 선생들, 종교인들, 정 · 재계인, 방송인, 콜센터, 서비스 상담사 보이스피싱 사기까지 오히려, 말을 안 하고 사는 일이 뭔지 모르겠다. 이렇게 말로 연결된 업을 두루뭉술 묶으면, 대다수가 연결되지 않겠습니까! 점쟁이 자신도 말로서 사는 것! 하지만 말에는 농축이 있고 진실과 허언으로 구분되며 일방과 상론에서, 인격마다 큰 격차가 있지 않습니까!

오늘도 많은 말이 오간다. 필요보다 감정의 발설이 더 많지 않았던가! 적당한 말의 가치를 생각한다. 소통이 아니라면, 과유불급이라 차라리 말을 덜 하는 게 낫지 않았나! 하루 종일 쏟아 낸 언어를 돌아본다.

조신하다

“자고로 여자는 조신해야 한다!” 어린 티를 벗을 무렵부터 줄곧 들어왔다. 몸가짐을 조심하고 얌전한 자태를 지닌 모습을 일컬어 조신하다, 단아하다, 한다. 우리 어머니는 딸들을 그리 키우고 싶으셨나 보다.

다소곳이 앉아서 책을 읽어라, 바느질도 다소곳하게 뜨개질도 다소곳하게 얌전하게 말하는 것도 조용히 조선 아녀자 교육을 답습했던 가정교육이다. 언니들에 비해, 나는 어림없는 모양새로 자란 셈이다.

'조신하다' 어머니의 언어이다. 이 과거형 의미가 어느 장면에서 불현듯 되살아난다. 보기 드문 참신한 여학생이나, 다소곳한 아가씨와 마주칠 때 그렇다. 그녀들의 어머니 모태와 가정교육을 가늠하게 된다.

동음이의어로 전혀 다른 뜻을 꺼내 본다. 소(牛)를 통해서 얻은 단어 "조신하다"이다. 어릴 적에 일꾼 아저씨가 소가 난동부릴 때마다 "아따 조신하다! 히야 조신하다!" 혀를 차며 내뱉는 말이다.

어머니의 권장언어 '조신하다'와 아저씨의 진 빠지는 소리 '조신하다'를 혼동했지만, 문답을 통해서 바로 이해했다. 몸을 삼가하고 바로잡는다는 과신과 급하고 산만하며 정신없다는 조신의 차이다. 미친것처럼 날뛰는 조신의 조는 조현병의 조자로도 사용한다. 멀쩡하다가 느닷없이 화내며 돌변하는, 조증 인간이 자꾸만 늘고 나고 있다. 생활용어가 되어간다. 역시, 그 모태와 가풍을 가늠하게 된다.

우상의 눈물

고교 내에서 일어나는 폭력을 그려낸, 전상국 선생의 소설이다. 성적 미달로 유급된 재수생이 등장한다. 최기표와 일당이 주류이다. 구제 불능 기표 일당은 누구든지 거슬리면 무자비하게 두들겨 패버린다.

그 기세에 눌려, 그들을 나쁘다거나 그들에게 피해를 봤다고 말하는 자가 없다. 학급은 평화롭게 흘러간다. 허나 대놓고 저항하진 못하지만, 저항하고 싶은 비주류가 선의지를 내세워 추방하기로 담임과 결탁한다.

열악한 환경을 감추고 싶은 것을 알면서, 모금 운동을 하는 방법이다. 주인공은 모멸감에 사라지고 만다. 질서를 잡는다는 미명하에 폭력을 행사하는 일당과, 합리적 선의지를 내세운 또 다른 폭력의 발생한다.

이문열 선생의 《우리들의 일그러진 영웅》도 마찬가지이다. 엄석대는 덩치와 반장이라는 권위를 이용해서 시험점수를 조작한다. 자연스러운 상납과 복종 분위기 조성에 능숙하다. 힘과 권력 안에서 휘두르는 독재!

아닌 줄 알면서 빌붙어 살아가는 아이들과, 제 나름 저항하다 꺾이고 마는 군상들이 엉킨 교실풍경이다. 한때 우상으로, 또는 영웅으로 군림하던 주인공들은 그들의 실체가 드러나면서, 사라지거나 잡혀간다.

정교한 비리는 잠시나마 정의를 앞설 수 있다는 것을 말하는 것 같다. 대놓고 자행되는 폭력도 문제고, 합법을 가장한 비열한 술수는, 어디선가 본 듯한 그림이다. 결국, 세상만사 서로 돌고 도는 것인가?

오발탄

이미 쏜 총탄, 실수로 쏜 탄환이다. 정조준이 아닌, 어쩌다 발사이다. 주변에 손실과 손상이 발생하는 게 당연지사이다. 1959년도에 출간한 이범선 작가의 〈오발탄〉에는 흔들리는 양심이 적절하게 그려진다.

아무리 시절이 어려워도, 극복하는 이가 있고, 시절을 탓하며 무너지는 인생이 있다. 열악한 가정환경에 함께 자랐어도, 전혀 다른 삶을 살아가는 형제를 본다. 여기 주인공 '철호'와 그 형제들의 예화가 그렇다.

전쟁 충격으로 헛소리하는 어머니, 신문팔이 막내는 안쓰럽다. 양공주 여동생은 부끄럽기 짝이 없고, 불평불만 가득한 동생 하나는 강도짓 하다 잡혀간다. 순박한 아내는 아기를 낳다 죽는다니, 이게 뭡니까! 본인도 직업의 애환이 있지 않겠습니까!

가장의 무게 우애, 효도, 모두 버겁다. 심신이 무너져 내린다. 여기저기 갈대 없는 정신으로 '가자, 가자' 헛소리하는 주인공, 어디든지 가자 가보자 떠나자는 그 마음을 헤아린다.

허탈하다, 자신이 태어난 건 조물주의 오발탄이라 절망하는 주인공이다. 하지만, 정작 잘못된 오발탄은 따로 있다. 요즘은 곳곳에 널려 있다. 가까이서 멀리서, 크고 작은 오발탄이 날마다 쏟아져 나온다. 할머니를 살해한 친손자들, 갓난아기를 쓰레기통에 넣어버린 어미, 20개월 딸을 성폭행 살해한 아비라는 것, 노인을 담배 셔틀에 조롱 구타한 청소년들, 전자발찌의 섬뜩한 사건들, 사건들, 언제쯤 들리지 않을는지 모른다.

그래서 우리는 언제나 소설을 통하여 자신을 들여다보고 생각하는 자세가 필요하다. 오발탄을 통해 우리 사회의 단면을 보는 귀한 시간이 되었다. 흔들리는 양심을 통해 사회상의 관계를 다시금 생각해보는 계기가 되었다.

어진이의 시간여행

초판 1쇄 2022년 7월 27일

지은이 어진이
발행인 김재홍
기획/총괄 오세주
마케팅 이연실
디자인 현유주 김혜린

발행처 도서출판지식공감
브랜드 문학공감
등록번호 제2019-000164호
주소 서울특별시 영등포구 경인로82길 3-4 센터플러스 1117호{문래동1가}
전화 02-3141-2700
팩스 02-322-3089
홈페이지 www.bookdaum.com
이메일 bookon@daum.net

가격 12,000원
ISBN 979-11-5622-703-8 03810